여름
붕어빵

장편소설

육선민

여름 붕어빵

네온사인 09

NEON × SIGN

차례

붕어빵

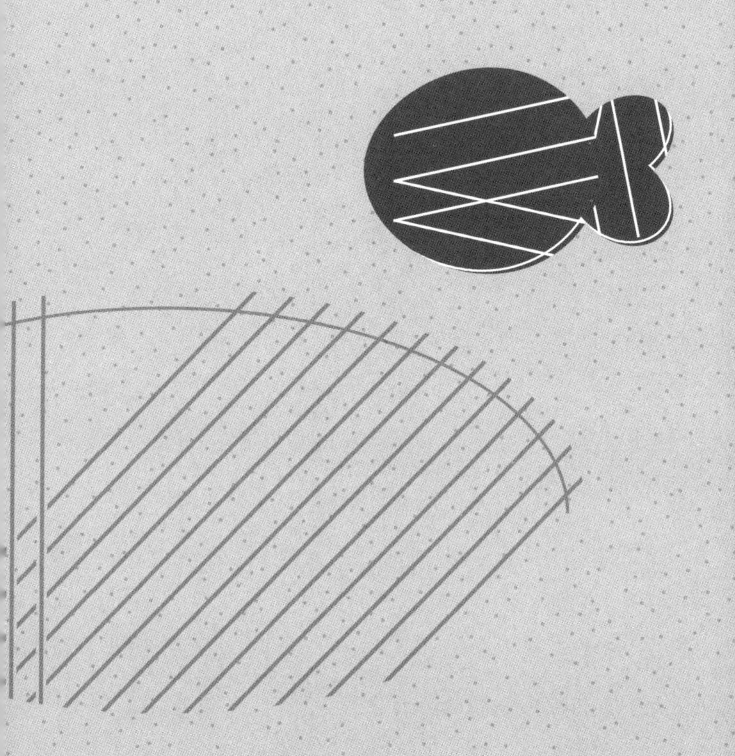

세라는 삼 주를 앓았다. 발현병이 쉬이 낫지 않았다. 심장이 두근거리는 게 아파서인지 기대감 때문인지 분간이 가지 않았다. 귀밑에서 심장박동이 고스란히 느껴졌다. 드디어 나도 능력자가 돼. 달뜬 숨을 몰아쉬며 눈을 감았다. 정신이 혼미했다. 열이 올라 덥고 어지럽고 온 근육이 아팠다. 과연 얼마나 대단한 능력을 갖게 될까.

삼 주 동안 누군가가 세라 곁을 지켰다. 한 명은 야보였다. 야보만이 유일하게 세라를 돌봐주었다. 앓는 소리를 내면 어디선가 차가운 손이 나타나 이마를 짚었으니, 같이 살고 있는 야보가 분명했다. 이 작열하는 여름에 차가운 손을 가진 건 온도조절기가 고장 난 야보뿐이니까.

그럼 또 다른 하나는 누구일까. 혹여나 염은 아닐

까. 세라는 앓는 내내 염의 꿈을 꿨다. 염이 돌아오는 꿈, 염이 떠나는 꿈, 염과 함께 떠나는 꿈, 염을 찾아가는 꿈, 염을 붙잡는 꿈. 염은 어디로 간 걸까. 염은 이 년째 소식이 없었다.

세라는 염이 액막이처럼 느껴졌다. 염이 있을 땐 이토록 아픈 적이 없었으니까. 능력 부작용으로 자주 다치고 아팠던 염은 덜 아파하는 법이나 아픔을 외면하는 법, 잊고 모르쇠 하는 법 따위를 잘 알았다. 그리고 염이 떠나가자마자 세라는 종종 잔병치레했고, 염이 떠난 지 이 년이 되던 날 발현병을 앓게 된 것이다. 겪어본 적도 없을 만큼 아프게. 꼭 염이 알아주기를, 염에게 닿기를 바라서 온 힘을 다해 아픈 것만 같았다.

"오지 말라고 했잖아요."

갑자기 들려온 야보의 단호한 목소리에 세라는 힘겹게 눈을 떴다.

"누가 왔어? 염?"

집을 가득 채운 거대한 덩치가 보였다. 대장이었다.

"염? 그놈이 살아 있다던가?"

대장은 세라가 아프든 말든 담배를 꼬나물었다. 세라의 심기를 건드는 말인 걸 알면서도 대장은 아무렇지 않게 툭 내뱉었다. 그럼 그렇지. 세라는 다시 눈을 감았다. 괜한 기대였다.

"삼 주라……. 꽤 오래가는군."

대장은 무턱대고 세라의 눈꺼풀을 뒤집었다. 세라의 눈꺼풀 안쪽 핏줄은 터져 있었고 무엇보다 눈동자 색이 연해진 상태였다. 발현의 대표 증상이었다. 각자 다른 눈동자 색을 지닌 능력자들처럼 세라의 눈동자도 변이를 겪는 중이었다.

"비켜요."

야보가 대장의 손을 치우며 세라 이마에 맺힌 땀을 닦았다. 야보는 한껏 날 서 있었다. 대장은 그런 야보는 거들떠보지도 않고 옆에 놓인 의자에 앉았다.

'그날' 이후 대장과의 관계는 달라졌다. 그의 방문은 이제 조금도 달갑지 않았다. 그가 드리운 방 안의 검은 그림자는 '그날'을 연상시켰다. 심장이 쿵쿵 뛰는 게 느껴졌다. 두려운 감정인가? 곰곰이 박동을 느꼈다. 아니, 결코 아니다. 오히려 이건 기대감이었다. 어쩌면 확신일지도 몰랐다.

세라는 땀을 닦아주는 야보의 손을 붙잡으며 힘겹게 몸을 일으켰다.

"내내, 확인하러, 왔던, 게, 대장, 인가, 봐."

세라가 띄엄띄엄 말을 뱉었다.

"달라진 게 느껴지나?"

"신경, 쓰이나, 봐?"

"자극하지 마, 세라. 그래봤자 한주먹일 테니."

"혹시, 모르지. 없앨, 거면, 지금 없애는 게, 낫, 지, 않겠어?"

"세라!"

야보가 말렸지만 세라는 멈추지 않았다.

"괜찮아. 혹시, 알아. 내가, 저, 녀석이, 건드리지도, 못할, 만큼, 대단한, 힘을, 갖게, 될, 지?"

대장은 말없이 세라를 내려다봤다. 검은 그림자가 세라를 뒤덮었다. 세라는 지지 않고 그를 노려보았다.

유난히 긴 발현이었다. 최초의 능력자는 한 달을 앓았다고 했다. 과거로 돌아가 과거를 건드릴 수 있는 시간 설계자도 한 달을 앓았다. 이 세상에 여름만 남게 된 건 그 시간 설계자 때문이었다. 그는 몇 번이나 과거로 돌아가 시간을 돌렸고, 그 수많은 과거에 제 자신을 남기고 말았다. 시간은 서로서로 부딪히다 결국 무너졌다. 수천 개, 아니 수억 개의 시간대가 얽히고설켰다. 우주의 흐름이 망가졌으니 당연히 이 세상의 계절도, 인류가 쌓아 올린 문명도 엉망이 되었다. 여기저기서 능력자가 생겨났고 능력에 따른 지위도 생겨났다. 능력에 따라 거주 구역의 환경도 달라졌다. 사막보다 뜨거운 아스팔트 지대의 폐건물 단지에 모여, 군락을 형성해 주먹구구식의 삶을 유지하고 있는 사람들은 능력이 없거나…….

"지독하게 보잘것없을 수도 있지."

너는 잘나서 여기 왔느냐는 말이 목구멍까지 차올랐지만 세라는 말할 힘조차 나지 않았다. 대장은 엄연히 킹덤에서 파견된 관리자였다. 그냥 능력자도 아닌 '초' 능력자들이 모여 사는 곳이 킹덤이었다. 파견을 나가는 관리자들은 킹덤에서 떵떵거리며 살아갈 만큼 능력이 강하지는 않지만, '바깥' 정도는 쉽게 짓누를 수 있는 능력자들이었다. 그러니까 대장은 킹덤 안에서는 가장 약할지라도 모든 바깥에서는 가장 강했다. 세라는 그가 주먹 하나로 반란을 제압하는 걸 몇 차례나 봐왔다. 그의 주먹이 스쳐간 사람은 갈비뼈가 으스러졌으며 그가 내리찍은 아스팔트는 지진이라도 난 듯 땅을 갈랐다. 아직도 세라가 살고 있는 군락 한가운데에는 전투의 흔적이 고스란히 남아 있었다. 그가 멋대로, 몇 번이고 군락에 주먹을 휘둘러도 어떤 법도에도 어긋나지 않았다. 무질서도 법이었으며 무엇보다 힘이 곧 법이었다.

"세라는 그냥 오래 아픈 거예요. 그러니 이제 돌아가요."

"네가 보고를 안 하니 확인하러 오는 수밖에."

"아무 일도 없었으니까요."

"그래, 그래야 할 거다."

대장은 그 말을 끝으로 자리에서 일어났다. 세라는 눈에서 레이저를 내보내 태워버리겠다는 기세로 대장을 노려보았다. 하지만 그런 일은 일어나지 않았다.

대장이 떠나고 세라는 다시 심하게 앓았다. 대장의 말이 머릿속에 맴돌았다. 지독하게 보잘것없을 수도 있다고? 세라는 확신했다. 지금이야말로 구원자가 나타날 때라고. 내가 바로 온 세상의 비능력자와 무능력자가 기다리는 구원자일 거라고. 세상의 흐름을 원래대로 되돌릴 구원자일 거라고. 야보를 더는 아프게 하지 않고 염을 되찾아올 수 있는.

"염은, 아직 소식, 없지?"

야보는 고개를 끄덕였다. 둘 사이에 정적이 오래 감돌았다.

세라가 아는 한 염은 가장 보잘것없는 순간이동 능력자였다. 어디를 어떻게 이동하는 건지, 한 번만 능력을 사용해도 온몸에 잔뜩 멍이 들기 일쑤였다. 언젠가는 다리가 부러져 오기도 했다. 앞 건물로 이동한 날엔 이틀 동안 능력을 사용할 수 없었다. 거리가 멀어질수록 더 크게 다치거나 아팠고 오랫동안 능력이 묶였다. 이동하는 데 시간이 너무 오래 걸려서 세라가 먼저 도착한 적도 있었다.

마지막으로 본 염은 갑자기 이동했다. 이동당했다는 게 맞을 정도로 갑작스러웠다. 어디로, 얼마나 멀리 간 건지도 모른다. 이렇게까지 돌아오지 않는 걸 보면 아주 먼 곳으로 간 게 분명했다. 여태 능력이 돌아오지 않을 만큼 멀리 가버려서 돌아오지 못하는 걸지도 몰랐다. 능력 발동 후유증을 아직까지 앓고 있는 걸지도 몰랐다. 그리고 어쩌면, 어쩌면……. 그다음 말은 누구도 먼저 뱉지 않았다.

"돌아올 거야."

세라와 야보는 그저 염이 돌아오기를 기다리는 수밖에 없었다.

야보는 세라의 몸 위로 이불을 덮어주었다.

"너나, 덮어. 춥잖아."

이 여름에 유일하게 추위를 느끼는 불쌍한 야보. 불쌍한 야보. 불쌍한 우리 야보……. 덮고 있던 이불을 야보에게 밀어내고 세라는 다시 눈을 감았다.

"있지, 야보. 이번엔…… 내가 구원자가 될 거야."

필히 그래야 했다. 엉망이 된 우리 세 사람의 삶을

되돌릴 수 있는 건 이제 곧 능력이 발현될 자신뿐이라고, 세라는 정신이 아득해지는 와중에도 굳게 믿었다.

"괜찮아, 세라. 아무 일도 없을 거야."

야보가 세라를 토닥였다.

*

몸이 가뿐했다. 딱 한 달 만이었다. 거짓말처럼 열이 똑 떨어졌다. 근육통도 오한도 두통도. 세라는 머리맡의 거울로 눈동자를 살폈다. 눈동자는 짙은 검붉은색이었다. 아주 짙은 보라색 같기도 했다. 빛이 없는 곳에서 보면 검정색이라고 착각할 만큼. 빛이 드는 곳에서는 살짝 붉은 기가 도는 오묘한 색이었다.

세라는 조심스레 침대에서 발을 내려놨다. 바닥은 꺼지지 않았다. 화장실로 이동했다. 빠르지 않았다. 물을 틀었다. 수도꼭지가 부러지지도 않았고 시원한 물이 쏟아지지도 않았다. 다시 방으로 돌아오는 동안에도 마찬가지였다. 위대한 능력자가 나올 때면 천지가 진동하거나 갈라지거나 무너지거나 뒤집혔다고 했다. 창문을 열면 바람이 거세게 몰아치고 하늘을 올려다보면 비가 억수같이 내리고 아스팔트를 내려다보면 땅이 갈라졌다고. 세라는 거울 속 얼굴을 빤히 쳐다보았다. 오로지 눈동자 색만이 달라졌다. 마침 방으로 들어온 야보가 튕겨 나가지도 사라지지도 키가 자라지도 다른 사람으로 바뀌지도 않았다.

시계 초침이 일정한 속도로 똑딱거렸다.

"세라! 이제 괜찮은 거야?"

손에 든 물수건을 버리듯 던지고서 야보는 세라의 손을 잡았다. 차가웠다. 세라는 지그시 손에 힘을 줘보았다. 여전히 차가웠는데, 그 순간 세라의 손에 기묘한 감각이 느껴졌다. 손끝에 전류가 전해진다고 해야 할까. 세라는 황급히 손을 뗐다. 이거 감전되는 거 아니야? 세라는 전기가 나간 전구에 손을 대보았다. 아무 일도 일어나지 않았다.

"왜 그래? 뭔가 느껴져?"

분명 손에서 무언가가 느껴졌다. 세라는 다시 야보의 손을 잡았다. 따끔, 따끔. 손에 모이는 혈류가 따가웠다. 그리고.

"뜨거워……."

야보와 같은 온도조절기는 아니었다. 모종의 힘이 손으로 모여들고 있었다.

"무슨 힘이 생긴 건지는 모르겠어. 그런데 손에서

어떤 힘이 느껴져. 이 손으로 무언가를 해야 할 것만 같은 느낌이 들어."

세라는 손을 내려다보다가 야보를 쳐다보았다. 야보의 입이 떨리고 있었다.

"이상해. 뭔가 달라졌어. 야보, 정말 내가……."

야보가 황급히 세라의 입을 틀어막았다. 그만 말하라는 듯. 야보의 손이 점점 얼음장처럼 변해갔다. 고장 난 온도조절기가 야보의 체온을 야금야금 떨어뜨리기 시작했다.

"그것만큼은 안 돼……."

야보의 입에서 흰 입김이 새어 나왔다. 그날 야보의 몸을 얼렸던, 지독히도 차가웠던 숨결과 비슷했다.

그 일은 염이 사라지기 두 달 전, 야보가 발현병을 앓고 있을 때 일어났다. 야보가 삼 주를 앓는 동안 주변에 기이한 현상이 일어났다. 방 안의 온도가 아주 천천히 0.1도씩 내려갔고 바깥에서는 가끔 선선한 바람이 불었다. 세라와 야보 그리고 염이 함께 살던 집 위로 구름이 드리워져 그늘이 생겼다. 계절이 바뀌고 있었다. 여름이 지나가기 시작했다. 비가 내렸고 군락의 온도가 3도나 내려갔다. 사람들이 슬슬 웃옷을 입거나 한 겹씩 더 껴입기 시작하던 어느 날, 대장이 찾아왔다. 말릴 새도 없이 대장의 거대한 손이 야보를 낚아채 벽에 꽂았다. 벽에 금이 갔다. 야보는 내상을 입었다. 입에서 피가 터져 나오자마자 차갑게 응고되어 떨어졌다. 그걸 본 대장은 더 강하게 야보를 짓눌렀다. 벽이 쩌적 갈라졌고 야보의 얼굴도 일그러졌다.

세라와 염은 일제히 대장에게 달려들었다. 하지만 대장의 다른 손이 두 사람을 반대쪽 벽으로 날려버렸다. 세라와 염은 대장을 한 대 때리기는커녕 말리지도 못했다. 염이 식칼을 챙겨 순간이동으로 대장의 머리 위에 나타났지만 그마저도 대장의 오른팔인 이속에게 저지당했다. 이속이 더 빨랐다. 웃겼다. 순간이동 능력자보다 이속이 더 빠르다니. 그렇게 내동댕이쳐진 염이 능력을 곧장 다시 사용하지 못한 건 당연했다. 그러는 동안에도 비능력자 세라는 그저 대장의 손에 매달린 채 눈물을 흘리며 그만하라고 소리치는 것밖에 할 수 없었다. 세라의 발악이 통한 것일까. 대장은 야보를 짓누르던 손을 뗐다. 힘없이 바닥으로 떨어진 야보의 몸에서 지독한 냉기가 뿜어져 나왔다. 동시에 세라의 온몸이 오들오들 떨려왔다. 야보가 쓰러진 자리를 시작으로 바닥이 얼더니 방 곳곳에 서리가 꼈다.

순식간이었다. 대장은 염이 놓친 칼을 주워 들어 야보를 향해 내리꽂았다.

"안 돼!"

세라가 다급히 외쳤지만 대장을 막기엔 역부족이었다. 겨우 염이 능력을 발동해 야보를 아주 조금 밀어냈다. 다행이라고 해야 할지, 급소는 피했다. 상처에서는 피 대신 냉기가 나왔다. 하지만 아래로 쏟아져야 할 냉기는 상처에 고이더니 야보의 온몸을 뒤덮어갔다. 피부가 파래지고 몸이 얼기 시작했다. 방 안을 가득 채웠던 추위는 온통 야보에게 되돌아갔다. 군락의 온도도 다시 상승했고 지붕 위에 몰려들었던 구름도 순식간에 소멸했다. 바람도 그늘도 비도. 작열하는 여름은 여전했다.

대장은 거대한 손으로 다시 주먹을 쥐었다. 세라가 급히 주먹을 붙들었다.

세 사람이 함께 살던 집은 이미 엉망이 되어버렸다. 언제부터였더라. 이 시대의 어른들은 무능한 아이들을 쉽게 버렸다. 염은 능력이 보잘것없어서, 야보와 세라는 발현 나이가 지나도 능력 발현의 기미가 보이지 않아서. 그렇게 사막 한가운데서 마주친 셋은 걸음을 맞춰 가장 가까운 군락에 도착했다. 불행인지 다행인지 일꾼이 부족했던 대장은 세 아이를 받아들이기로 했다. 선택의 이유는 알 수 없었으나 더 이상 사막을 헤매지 않아도 된다는 생각에 세 아이는 처음으로 나란히 손을 잡고 지붕 아래에서 잠이 들었다. 당장 다음 날부터 일을 해야 했지만, 괜찮았다.

순간이동 능력으로 배달 업무를 한답시고 매일 동네를 뛰어다니느라 땀범벅이 되어 돌아오던 염과 농작물을 수확하느라 역시 땀범벅이 되어 돌아오던 야보와 매일 불 앞에서 요리하느라 마찬가지로 땀범벅이 되어 돌아오던 세라의 열기가 가득하던 무더운 집이었다. 작기는 해도 햇볕을 피할 수 있었으며, 층고가 제법 높아서 창문을 열면 괜히 덜 더운 기분이 들기도 했다. 입을 웅그리고 서로 바람을 불어 땀을 식혀주면서 함께 어른이 되었다. 그러길 몇 년째, 야보가 발현했다. 어쩌면 야보가 구원자일지도 모르겠다는 생각이 들자마자 대장이 매몰차게 세 사람의 집을 짓눌러버린 것이었다.

"제발, 제발 죽이지만 마. 제발, 제발. 죽일 거까진 없잖아. 제발 그러지 마, 대장……. 우리 아무것도 안 했잖아……. 우리 얌전했잖아. 말도 잘 듣고, 응?"

세라가 애원했다.

대장은 세 사람의 집을 그리고 상처에 얼음이 서린 야보를 내려다보며 손을 털었다.

"그래, 이 정도면 되겠군. 이속, 보고해. 이제 구원자는 없다고."

구원자.

"구원자인데, 왜……?"

"구원자니까."

세라는 그제야 깨달았다. 모두가 구원자를 기다리고 있었다. 하물며 킹덤도. 구원자가 나타날 거라는 보장도, 구원자가 무엇인지도, 어떤 능력을 가졌는지도, 나타난다고 해도 그게 누구인지도, 세상이 어떻게 바뀔지도 아무것도 알 수 없었지만 모두 구원자를 기다렸다.

구원자가 나타나면 여름이 끝날지도 모르니까. 세상이 제 흐름을 찾을지도 모르니까. 그런 믿음이 있었다. 그래서 야보는 아픈 와중에도 웃었고 세라와 염은 걱정을 하면서도 아주 깊숙한 마음속에서는 기대감을 피워냈다. 우리 야보가 구원자래.

하지만 시간이 제 흐름을 찾는다는 건, 시간이 정상적으로 돌아간다는 건, 어쩌면 능력자들의 능력 소실을 뜻하는 것일지도 모르니까. 킹덤의 위상과 그 영예의 시간이 태초로 돌아갈지도 모르니까. 킹덤이 구원자를 기다린다는 건 전혀 다른 의미에서였다. 구원자가 누구일지 모르니, 감시해야지. 그리고 처단해야지. 킹덤의 세계를 유지하기 위해서.

야보는 겨우 목숨을 부지했다. 온도조절기가 고장났다고 했다. 세라와 염이 아무리 창문을 닫고 이불과 옷을 덮어주고 양쪽에서 껴안아 땀을 뻘뻘 흘려대도 야보는 추위를 겪었다. 그러기를 두 달째 되던 날 가장 빨리 무너진 건 염이었다.

“내 능력이 조금만 더 좋았더라면, 내가 조금만 더 빨랐더라면 야보를 구할 수 있었을 거야. 내가 다른 사람까지 데리고 순간이동을 할 수 있었더라면…….”

염의 후회는 끊이질 않았다. 염의 탓이 아니었는데도 염은 괴로워했다. 유일한 능력자라서. 그리고 무능력자라서. 능력자인데 무능력자라니. 염은 능력이 있는 것보다도 못하다고 생각했다.

야보의 상태는 차츰 나아졌다. 계속된 치료와 보살핌에 조금씩 일상생활을 할 수 있게 되었지만 한 번씩 조절기가 터졌다. 세라와 염은 갑자기 극심해지는 야보의 추위를 가리켜 “온도조절기가 터졌다”고 말했다. 어김없이 야보의 온도조절기가 터졌던 어느 밤, 염은 잠든 야보를 보며 말했다.

“방법을 찾아야겠어. 이 능력을 고칠 수 있는 곳으로 갈 거야. 어딘가에 그런 곳이 있지 않을까? 이 능력이 비롯된 곳 말이야. 거기에서는 이 능력을 더 강하게 만들 수 있지 않을까?"

"거기가 어딘지는 알고 간다는 거야?"

"분명히 있어, 세라. 나는 더 강해질 수 있는 곳으로 가야겠어."

그 말을 끝으로 염은 눈앞에서 사라졌다. 순간이동이었다.

염은 몰랐을 것이다. 염은 무능력자라 그런 다짐이라도 할 수 있었겠지만, 비능력자인 세라는 그 무엇도 할 수 없었다는 걸. 아무것도 할 수 없다는 무력함이 세라를 괴롭혔다. 애초에 힘이 없었으니 희망을 가질 건더기조차 없었다. 그래서 발현병을 앓던 한 달 내내 세라는 기뻤다. 드디어 두 사람과 같은 부류가 되었으니까. 드디어 두 사람을 위해 힘을 발휘할 자격이 생겼으니까. 드디어 두 사람 앞에서 "내가 할게"라고 말할 수 있는, 두 사람 앞에 서서 두 사람을 지킬 수 있는 자격에 당도하고 있다는 뜻이었으니까. 그것도 아주 어마무시하게.

세라는 손끝으로 모이는 묘한 전류를 자주 느꼈지만, 능력은 발동되지 않았다. 발동 기미조차 보이지 않았다. 집에서 상태를 살피는 일주일 동안 대장의 끄나풀들이 집 주변을 서성였다.

얼마 후 세라는 다시 식당으로 출근했다. 온도조절기가 부쩍 말썽을 부리는 야보를 두고 집을 나서는 게 신경 쓰였지만, 월세를 내기 위해서는 어쩔 수 없었다. 염이 떠난 뒤 세라 홀로 월세를 감당한다는 건 썩 쉬운 일이 아니었다.

서빙고를 지나 창문 하나 난 3평짜리 조리실에 들어가자 커다란 화구와 냄비가 세라를 반겼다. 세라가 누워 있는 한 달 동안 누구도 들어오지 않았다더니, 화구와 냄비에 먼지가 그득 쌓여 있었다. 세라는 한숨을 쉬며 냄비를 닦았다. 기침이 절로 났다. 환기가 필요했다. 작은 창문을 열자마자 머리통 하나가 시야에 들어왔다. 집을 나설 때부터 누군가 따라오는 것 같더라니, 역시나였다. 대장이 붙여놓은 이속이었다. 세라는 먼지를 닦아낸 행주를 물에 적셔 일부러 창밖으로 거세게 털었다. 이속의 얼굴에 구정물이 튀었고, 세라가 행주를 놓치는 바람에 그것은 이속의 머리 위에 안착했다.

"야!"

이속은 행주를 내팽개치며 신경질적으로 얼굴을 닦았다.

"미안, 있는지 몰랐네? 그러게 왜 거기 서 있어. 다음에는 팥 삶은 물 버릴 거니까 알아서 비켜."

세라의 말에 이속은 흠칫하며 옆으로 비켜섰다. 완전히 물러나는가 싶었으나 이제 대놓고 창틀에 몸을 기댄 채 세라를 지켜보았다.

세라는 이속을 본체만체하며 자루에 든 팥을 꺼냈다. 자루 옆에 또 다른 자루가, 그 옆에 또 다른 자루가 잔뜩 올려져 있었다. 매일 아침 재배실에서 갓 재배한 팥이 배송되는데, 세라가 일을 하지 않은 한동안 누구도 일을 도맡지 않아 삶아야 할 팥이 주체할 수 없을 만큼 쌓여버린 것이다. 한숨이 절로 나왔다.

냄비에 팥을 옮겨 담았다. 화구에 불을 붙이기도 전에 온몸에서 땀이 흘렀다. 군락에 온 뒤로 몇 년을 꼬박 팥 스프레드만 만들었다. 이젠 화구에 불을 놓고 팥을 삶고 으깨는 일쯤은 눈 감고 할 수 있을 정도로 몸에 익었지만, 열기만큼은 익숙해지지 않았다.

왜 하필 팥인지는 모르겠다. 팥은 대부분 팥빙수를 만드는 데 쓰였다. 단팥빵이나 찹쌀도넛 같은 빵류는 오븐에 구워야 하니 덥기도 했고, 갓 구워진 건 뜨끈뜨끈해서 사람들이 찾지 않았다. 빵도 이 정도인데 붕어빵이나 국화빵, 팥죽은 오죽할까. 사람들은 조금이라도 열감이 있는 음식은 거들떠보지도 않았다. 이열치열 같은 건 없었다. 이 열? 내 열이었다. 그나마 아이스크림을 만드는 데 팥이 들어가기도 했는데, 팥 아이스크림은 대부분 나이가 지긋한 사람들만 찾아 인기가 많지는 않았다. 그래서 세라가 삶은 팥의 98퍼센트는 팥빙수에 쓰였다.

이쯤 되자 세라는 의문이 들었다. 빙수는 얼음만 있으면 되는 거 아닌가? 그럴 때면 염과 야보는 꼭 이렇게 답했다. 그게 순정이야. 그런 말도 있잖아. 튜닝의 끝은 순정이다. 어떤 기교도 결국 질리기 마련이야. 아무리 다른 빙수가 잘나가도 결국 다들 팥빙수로 돌아온다고. 모든 게 변해도 결국 원래대로 돌아오기 마련이지. 네가 삶는 팥이 이 여름의 유일한 구원자야. 팥이 맛없으면 빙수는 말짱 도루묵이다. 알지? 그러면 세라는 꾹 참고 두 사람을 위해 팥을 삶았다. 순정. 그건 우리 세 사람은 영원히 변하지 않을 거라는 약속이었다. 무능력자든 비능력자든 모든 능력을 떠나 우리는 있는 그대로의 우리로 영원할 거라고. 서로가 서로의 여름을 나기 위한 구원이라고.

세라는 팥을 삶기 시작했다. 삶은 팥은 서빙고의 루라가 가져갔다. 루라의 표정은 항상 별로였다. 그도 그럴 것이 조리실 문만 열면 감당하기 힘든 열기가 루라를 뒤덮었기 때문이다. 루라는 뜨거운 팥을 빼앗듯이 받아 들고 서빙고로 달려갔다. 그곳에서 팥을 식히고 갈아놓은 얼음 위에 올리면 금세 팥빙수가 완성된다고 했다. 서빙고도 팥빙수도 물리적인 거리는 가까웠지만, 세라는 누릴 수가 없었다. 서빙고는 대장의 측근이나 겨우 드나들 수 있었으며, 팥빙수는 염이 사라지고 난 뒤로 먹을 수가 없었다. 얼음은 비쌌다. 대신 세라는 퇴근할 때 몰래 팥을 챙겼다. 오늘은 팥죽을 끓일 생각이었다.

세라가 팥죽을 끓이는 동안 야보는 침대에서 나와 세라 옆에 쪼그려 앉았다. 이불을 둘둘 두르고 발과 손을 빼꼼 내민 채로, 세라의 발 위에 제 발을 얹고 손으로는 세라의 발목을 붙잡았다.

"흠, 오늘 온도는 적정하군요."

"괜찮으신가요? 원하신다면 조금 더 차게 해드리고요."

"그게 가능한가요?"

"노력해보겠습니다."

하루 종일 팥을 봤던 터라 거들떠보기도 싫었지만 시시콜콜한 농담과 함께 야보의 목소리는 팥을 삶게 했다. 농담을 주고받는 동안 한 번 삶아낸 팥을 으깨 앙금으로 만들고 물과 함께 끓여 주걱으로 휘휘 젓다 보면 묽은 팥물은 진득한 팥죽이 된다.

세라의 온몸에 땀이 맺히고 땀 대신 팥물이 흐를 것 같을 무렵이 되면 고소한 팥 냄새와 후덥지근한 열기가 온 집 안을 가득 메웠다. 야보는 나무늘보처럼 세라의 다리에 달라붙어 온기를 가져가고 한기를 나눠주었다.

야보의 체온은 세라의 구원 같았고 야보의 고통은 세라의 구원이 되는 것 같았다. 가스레인지 앞을 떠나지 않는 세라는 야보의 구원이었다. 구원은 서로서로를 양분 삼았다.

"오랜만에 먹어서 그런가? 되게 맛있어."

한 숟가락 두둑이 퍼먹는 야보의 입에서 입김이 피어올랐다. 정말 맛있는지 얼굴을 그릇에 파묻은 채 코와 머리카락에 팥죽이 묻는 것도 모르고 먹어댔다. 세라는 야보가 잠시 고개를 든 틈을 타 코와 입가에 묻은 팥죽을 닦아주었다.

"천천히 먹어. 체해."

"너는 안 먹어?"

"됐어. 이 엄마는 너 먹는 것만 봐도 배부르다."

세라의 말에 야보가 씰룩 웃었다.

"벌써 질려죽겠어. 이러다가 몸에 피가 아니라 팥이 흐르겠어."

“그러고 보니까 너 눈동자 색도 좀 팥색을 닮은 거 같아.”

세라는 다급히 거울을 들여다보았다. 으악! 듣고 보니 정말 팥을 닮은 색이었다.

“너 얼굴도 좀 팥색이야.”

야보의 말대로 열기에 익은 얼굴도 팥처럼 불그스름했다.

“나 이러다가 팥 되는 거 아냐?”

“헉, 너 팥으로 변하는 능력이 있는 건가?”

세라가 미간을 찌푸리자 야보는 다시 히죽 웃어 보였다. 농담이야. 근데, 그래도 그런 능력이 좋은 거 같아. 귀엽고, 눈에 띄지도 않고…….

야보의 말은 팥죽과 함께 야보의 입안으로 넘어갈 뿐이었다. 둘 사이에 정적이 흘렀다. 세라는 구태여 말을 붙이지 않았다. 야보가 불안을 드러내지 않고 진심을 말하는 방법이었다. 가볍게 스치듯이 지나가는 말이었지만 바람이 지나간 곳에 냄새가 남듯, 야보의 진심은 세라의 몸 곳곳에 묻어났다. 야보는 조용히 팥죽을 먹었다. 세라는 투명도라고는 하나 없는 촘촘한 팥죽의 표면이 답답하게 느껴졌다.

“그러고 보니 너 한창 팥 싫어할 때, 우리 이것저것

해 먹었잖아. 기억나?"

먼저 정적을 깬 건 야보였다.

그랬다. 세 사람은 팥의 의미를 찾아보자며 열기 속에서 이것저것 시도했다. 팥의 의미도 중요했지만 이 프로젝트는 '세라의 팥부심 대작전'이라는 이름으로 매일 저녁마다 이어졌다. 꼭 팥이어야 하는 음식을 찾아보자는 거였다. 셋은 쉬는 날이면 버려진 고서관에서 음식 서적을 찾아 헤맸다.

"그러다 한동안 붕어빵만 미친 듯이 구웠지."

가장 성공적인 건 붕어빵이었다. 붕어빵의 역사를 찾아보면 붕어빵은 오로지 겨울에만 팔던 음식이었단다. 겨울은 아주 냉한 냄새가 나는 계절이었다. 차갑고 시리고 가라앉은 냄새. 그런 냄새는 한기와 함께 피부를 꿰뚫었다. 코가 얼 것 같은 계절에, 몇 안 되는 따뜻한 냄새는 길가 포장마차에서 풍겼다. 고소하고 따스한 냄새를 따라가면 그곳에 붕어빵이 있었다. 모든 사람이 양손을 롱패딩 주머니에 꽂고 굳은 목석처럼 빠르게 걸어가는 계절이었지만, 오로지 붕어빵을 위해 걸음을 멈추고 오들오들 길가에서 차례를 기다렸다. 그렇게 품에 붕어빵을 안으면 온몸에 온기가 스몄다. 산 사람도 받는 사람도 먹는 사람도. 그래서 사람들은 아주 춥지만 겨울을, 붕어빵이 오는 계절을 기다렸다. 누군가는 붕어빵을 먹기 위해 매번 다음 겨울을 기다리며 살았다는 걸 보면 붕어빵은 겨울의 구원자였다.

그런 붕어빵의 시초에는 팥이 들어갔다고 한다. 그러다 슈크림, 김치, 초코, 피자, 꿀, 계피, 치즈, 종내에는 진짜 붕어까지……. 붕어빵만큼 다양한 변화를 겪은 음식도 없었다. 수많은 변주가 유행처럼 번졌으나 결국 끝까지 살아남는 건 팥이었다. 세라가 팥의 의미를 깨달은 것도 붕어빵을 만들었을 때였다.

"한번 팔아보겠다고 엄청 도전했잖아."

"어림도 없었지. 여름에 무슨 붕어빵이야."

"그래도 나는 좋았어."

"그치……, 그때 해보길 잘했지."

가끔 야보의 온도조절기가 터질 때면 세라는 붕어빵을 구웠다. 붕어빵은 야보가 야보의 겨울을 나게 하는 음식 중 하나였다.

"오랜만에 붕어빵 먹을까?"

하지만 한동안 세라는 붕어빵을 만들 수가 없었다. 정확히는 팥을 챙길 수가 없었다. 조만간 킹덤에서 감사가 나온다고 했다. 말이 감사지, 발현병 이후 한동안 발현이 없는 세라를 직접 확인하러 오는 게 분명했다. 산더미처럼 쌓여 있던 팥은 모두 킹덤의 능력자들에게 제공할 팥빙수에 올라갔다. 세라는 며칠 내내 하루 종일 팥을 삶아야 했다. 이미 서빙고에 팥 스프레드가 잔뜩 쌓였을 텐데도 루라는 팥을 재촉하며 짜증을 냈고, 이속은 감시를 명목으로 내내 시비를 걸었다. 능력도 없으면 팥이라도 빨리 끓여야지. 나는 네가 팥 삶기 능력이라도 생긴 줄 알았는데 그것도 아닌가 봐. 녀석의 빠른 속도가 입에도 적용되는 건 줄은 몰랐다.

이속과 루라가 예민해질수록 세라도 덩달아 날이 섰다. 결국 루라에게 스프레드를 건네주다가 둘 중 누군가가 제대로 통을 쥐지 않아 떨어뜨리고야 말았고, 세라는 그게 정신없이 움직이는 루라 탓이라고 생각했지만 루라나 이속은 한통속으로 세라를 탓해댔다. 냄비에 다시 팥을 채울 때도 나불거리는 이속의 목소리에 몇 차례나 팥을 엎고 나서 끝내 세라는 빽 소리를 질렀다.

"나 안 해! 왜 나만 해? 너도 좀 도와!"

이속은 창틀에 걸터앉아 작은 컵에 담긴 팥빙수를 유유자적하게 먹고 있었다.

"내 일은 널 감시하는 거야."

"이게 자꾸 늦어지면 너한테도 책임이 돌아가지 않

겠어?"

"협박이라도 하겠다는 거야, 네가?"

이속은 고개를 삐딱하게 틀고서 덧붙였다.

"아니, 근데. 아직까지 무슨 능력인지 모른다며? 왜 다들 널 감시하라는 거야? 너 진짜 구원자냐? 너 그거 다 퍼포먼스였던 거 아니냐?"

이속이 비아냥거리며 웃었다.

계속해서 손끝에서 무언가가 느껴졌다. 무엇이라고 정의할 수도 없는 무언가가. 쥐가 풀릴 때처럼 저릿한 감각이 떠나지 않았다. 처음에는 그만큼 큰 능력이 오고 있는 중이겠거니 하고 기대했다. 아무런 능력도 없을 리가 없었다. 햇빛 아래 설 때마다 검붉은빛을 띠는 눈동자가 그 증거였다.

"열심히 해, 열심히. 킹덤에서 친히 여기까지 왔는데 뭐라도 보여줘야지."

이속이 턱끝으로 팔을 가리켰다.

"능력이 없으면 그거라도 잘해야지. 야, 진짜 아무것도 아니면 일찍 말해. 사람 귀찮게 하지 말고. 더워죽겠다. 며칠째냐?"

세라가 참을 수 있는 건 거기까지였다. 이속을 쥐어짜고 싶은 마음으로 팔을 세게 움켜쥐었다.

"야보 꼴 나는 거보다야 무능력자가 낫다니까?"

그 순간, 세라는 손이 뜨거워지는 게 느껴졌다. 지금이다. 지금이야. 손안에 있는 팥이 익어가기 시작했다. 무언의 힘이 발휘되려 했다.

"보여줄까?"

"뭐?"

세라는 그대로 이속의 얼굴에 팥을 던졌다. 뭉근한 팥이 이속의 얼굴에 잔뜩 묻어났다. 그게…… 끝이었다.

"이게 미쳤나."

이속은 순식간에 창틀을 넘어와 냄비에 담아둔 팥을 모조리 바닥에 엎어버렸다. 세라는 지지 않고 팥을 주워 이속에게 던졌고, 질척한 팥은 이속의 얼굴에 착 달라붙었다. 달짝지근한 팥 냄새가 조리실을 가득 메웠다. 하지만 그게 전부였다. 얼굴에 묻은 팥은 몇 번 쓸어 닦아내면 그만이었다. 어떤 능력도 발휘되지 않았다. 세라의 양손에는 눈동자 색을 닮은 팥만 가득할 뿐이었다. 이속은 눈에 들어간 팥을 닦아내느라 정신이 없었다. 세라는 다시 이속에게 달려들어 그의 몸을 주먹으로 내리쳤다. 이속은 끅끅거리며 몇 대 맞는가 싶더니 팔꿈치로 세라의 명치를 찍었다. 세라는 컥 소리와 함께 팥 위로 나뒹굴었다. 명치를 정통으로 찍히는 바람에 숨이 잘 쉬어지지 않았다. 얼굴이 뜨거웠다.

이속은 넘어진 세라에게 제 얼굴에서 닦아낸 팥을 흩뿌렸다. 여태 일어나지 못하고 있는 세라를 두고 창틀을 넘어가더니 다시 뒤돌아보았다.

"너 진짜 구원자냐?"

너 같은 게 그럴 수 있냐고 묻는 것만 같았다.

이속은 대답이 없는 세라를 흘겨보곤 창문을 닫았다. 이속의 그림자는 계속해서 남아 있었다.

그러니까. 구원자여야만 하는데.

세라가 퇴근하고 집에 돌아왔을 때 야보는 쓰러져 있었다. 야보의 입 주변이 하얗게 얼었고, 눈가에는 눈물이 얼어붙어 있었다. 코밑도 마찬가지였다. 세라는 서둘러 따뜻한 물로 코 아래에 맺힌 얼음부터 닦아냈다. 무엇보다 코가 얼어서는 안 됐다. 야보의 몸이 걷잡을 수 없이 떨렸다. 혼자 두고 나가는 게 아니었는데. 야보의 불안은 서서히 축적되어왔다. 세라도 모르지 않았다. 아무 일도 일어나지 않는다고 해서 평화로운 것은 아니었다. 오히려 전운 같았다. 야보는 평화와 전운 사이 그 어딘가에서 생각하곤 했다. 이러다가 정말 세라가 구원자면 어떡하지. 대장이 찾아와서 그때처럼 공격하면, 세라가 나처럼 되면 어떡하지. 애초에 구원자가 맞고 아니고가 중요한 게 아니었다. 모든 건 세라가 발현병을 앓는 순간부터 시작되었다.

야보는 집에 누워 지내는 이 년 동안 거리에서 대장의 끄나풀들이 새로운 능력자들의 능력 기관을 부러 해치는 걸 자주 목격했다. 킹덤이 구원자의 등장을 막는다면 끄나풀은 새로운 끄나풀의 등장을, 더 나아가서는 군락의 새 왕이 탄생하는 걸 막았다. 아직 능력을 제대로 사용할 줄 모르는 신인 능력자들은 속수무책으로 당했다. 그걸 볼 때마다 야보는 그날 칼에 찔렸던 상처에서 혈관이 얼기 시작해 혈류를 타고 흐르는 한기를 느꼈다.

그리고 오늘, 킹덤에서 감사가 나온다는 소식이 전해졌다. 야보는 가지 말라고 말렸지만 세라는 가야 한다며 집을 나섰다.

세라는 뜨거운 물에 수건을 적셔 쓰러진 야보의 온몸을 주물렀다. 따뜻한 피가 돌아야 했다. 입안으로 따뜻한 물을 흘려 마시게 하는 것도 잊지 않았다. 물을 먹이고 다시 팔다리를 주무르고 몸을 닦고 물을 먹이고 팔다리를 주무르고 몸을 닦고 야보의 심장이 뛰는지 확인하고 온몸을 꽉 껴안아주고……. 한참을, 또 한참을, 또, 또, 한참을. 야보의 입에서는 계속 찬 바람이 새어 나왔다. 어떻게 해도 괜찮아지지 않았다. 이토록 심한 건 염이 떠난 이후 처음이었다. 이제 어떻게 해야 하지. 세라가 할 수 있는 건 이게 전부였다.

세라는 낮에 느꼈던 감각을 떠올리며 양손에 힘을 가득 주었다. 손이 뜨거워지는 게 느껴졌다. 끝내 능력은 보이지 않았다. 일주일 전에도 나흘 전에도 사흘 전에도 그제도 어제도 오늘도 그랬다. 세라는 힘을 더 주었다. 하다못해 야보를 치유하는 능력이라도 있어야 했다. 하다못해 야보의 체온을 낮추거나, 하다못해 야보와 똑같은 체온을 가져 똑같은 고통을 느껴야 했다. 그런데 아무것도 아니었다. 나는 정말 끝끝내 무능력한 거야? 세라는 믿을 수가 없었다. 믿고 싶지 않았다. 믿어서는 안 됐다. 이미 그렇다고 한들 받아들여서도 안 됐다. 세라에게는 아직 기회가 있어야 했다. 그래야만 했다.

"으……."

그때 야보가 신음을 토했다.

"세라……. 숨…… 막혀……."

세라는 황급히 야보의 몸을 감고 있던 팔을 풀었다. 자신도 모르게 야보를 너무 강하게 끌어안았던 모양이다.

"괜찮아?"

야보는 고개를 끄덕였다. 야보의 체온은 천천히 오르는 중이었다. 다행이다. 그렇게 말했으나 반만 진심이었다.

"오늘 아무 일도 없었지?"

세라는 잠시 멈칫했지만 이내 고개를 끄덕였다. 그러나 야보는 틈을 놓치지 않았다.

"무슨 일 있었던 거 같은데."

"아니라니까. 그냥 일이 많았어. 요새 팥을 너무 많이 삶았잖아. 나한테서 팥 냄새 나지 않아?"

세라는 최대한 아무렇지 않게 말했다. 야보가 코를 킁킁거리며 금세 웃는 걸 보니 잘 넘어간 듯했다.

"너 팥 된 거 같아."

얼굴이 빨개. 야보는 그렇게 덧붙이며 거울을 들이밀었다. 거울 속 세라의 얼굴은 정말이지 시뻘건 색이었다. 이건 팥이 아니라 퍼진 팥이었다. 아, 웃겨. 세라는 허탈하게 웃음을 터뜨렸다. 그렇게 두 사람은 한참을 웃었다. 그러다 누군가 배곯는 소리를 냈다.

"뭐 먹을래? 해줄게."

"붕어빵!"

야보는 이불을 여미며 오한을 털어내듯 몸을 부르르 떨었다.

"그래. 널 위해서라면 붕어빵도 못 해주겠니, 내가."

세라는 오래전 깊숙이 박아두었던 붕어빵 기계를 꺼냈다. 대장과 사이가 괜찮았던 시절 그에게 빌려 왔던 것이다. 그에겐 없는 게 없었다. 대장은 붕어빵 기계 따위는 쓸 일이 없다고 했고 붕어빵 기계는 세라에게나 필요했으므로 돌려주지 않은 게 잘된 일이었다.

야보에게 오랜만에 붕어빵을 해줄 생각하니 기분이 들떴다. 어쩐지 손도 가벼운 듯했다. 예전에는 반죽 계량이 쉽지 않았는데 오늘따라 느낌이 좋았다. 반죽 색도 고왔고 팥앙금도 아주 잘 만들어졌다. 모든 것이 아주 착착, 잘 진행되어갔다. 틀에 반죽을 붓고 앙금을 가득 채우고 위로 다시 반죽을 붓고 틀을 덮고 하나 둘 셋 세라만의 초를 세고 뒤집고 또 하나 둘 셋 넷 다섯 세라만의 초를 세고 틀을 열면 겉이 바삭하게 잘 익은, 보기만 해도 노릇노릇하며 고소한 냄새가 집 안을 가득 채우는 붕어빵이 만들어졌다. 원래 붕어빵 냄새가 이렇게 좋았나? 세라가 뒤를 돌아보자 어느새 야보가 등 뒤에 서 있었다.

"냄새 되게 좋다. 따뜻해."

야보에게 온기가 느껴지는 것도 꽤 오랜만이었다.

갓 구운 붕어빵을 야보에게 건넸다. 노릇노릇한 겉

면은 보고만 있어도 군침이 돌았다. 먹어보지 않아도 바삭한 식감이 느껴질 정도였다. 무더운 여름, 붕어빵에서 열기가 피어올랐다. 야보는 곧장 뜨거운 붕어빵을 한 입 베어 먹었다.

야보의 눈이 휘둥그레졌다. 눈동자가 총명하게 빛나기까지 했다. 그대로 삼 초간 굳어 있던 야보는 다시 한 입을 먹더니 이어서 두 입을 허겁지겁 베어 물었고 그다음에는 아주 천천히 음미했다. 그리고 머리까지 다 먹었을 때, 야보는 어딘가 허망한 눈빛으로 텅 빈 손을 내려다보았다.

"미친……."

"그렇게 맛있어?"

세라는 괜스레 뿌듯해져 다시 붕어빵을 구워 야보에게 건넸다. 야보는 또다시 정신없이 먹었다.

"너 진짜 미쳤어. 너도 빨리 먹어봐."

반쯤 사라진 붕어빵에서 연기가 피어올랐다. 어쩐지 야보의 정수리에서도 김이 모락모락 피어오르는 것 같았다.

"이건 진짜 먹어야 해. 너 사고 쳤어."

세라는 못 이기는 척 붕어빵을 먹었다.

그래. 이건 사고다. 말도 안 된다. 그냥 팥 맛이 아니었다. 그냥 밀가루 반죽 맛이 아니었다. 밀가루는 과하지 않았고 완벽하게 익은 반죽은 바삭바삭 식감이 예술이었으며 그 속은 입안에서 녹아내릴 만큼 부드러우면서도 쫀득하고 쫄깃했다. 기적에 가까운 맛이었다. 한 번도 세라는 이런 붕어빵을 만들어낸 적이 없었다.

몇 번이고 더 붕어빵을 구웠고 결과는 똑같았다. 이건 '미친' 맛이었다.

"진짜 몸이 싹 녹는 거 같아."

녹는 거 같은 게 아니라 야보는 진짜로 녹고 있었다. 이마에는 땀이 맺혔고 입을 벌릴 때마다 붕어빵의 열기가 온천 수증기처럼 허옇게 퍼져 나왔다. 기분 탓이 아니라 야보의 정수리에서도 김이 피어오르고 있었다.

어라?

붕어빵을 굽던 세라의 손이 굳었다. 손이 찌릿찌릿했다. 손끝에 모든 전류가 모여들자 붉게 물들더니…… 뜨거워졌다. 이상했다. 붕어빵을 먹고 나니 몸이 너무 뜨거웠다.

거울에 비친 세라의 눈동자는 팥색으로 빛나고 있었다. 능력 발현이었다.

세라의 붉은 눈동자가 야보를 향했다. 두 사람은 한참 서로를 바라봤다. 야보는 슬로모션에 걸린 사람처럼 아주 천천히 붕어빵을 한 입 더 베어 물었다. 연기가 피어나는 야보……. 야보의 입꼬리가 점점 올라갔다. 입을 크게 벌려 활짝 웃자 눈꼬리가 보기 좋게 휘었다. 야보는 잔뜩 신이 나서 세라의 손을 덥석 쥐고서 방방 뛰어댔다. 양 뺨에 불그스레하게 올라온 홍조가 유난히 보기 좋았다. 오랜만에 입술에 생기가 돌기까지 했다. 신이 나서인지 마법의 붕어빵을 먹었기 때문인지 분간이 가지 않았다.

"그럴 리가……."

소문은 빨랐다. 낮말이 소식을 실어 나른 게 분명했다. 낮말이 아니라면 그의 동생인 밤말. 그도 아니라면 토끼. 셋 다 귀가 밝았다. 대장이 군락의 모든 소식을 꿰고 있는 것도 이 셋의 공이 컸다.

가장 먼저 세라를 찾아온 건 이속이었다. 이속의 비웃음이 거리에 가득 울려 퍼졌다. 공중 부양을 할 줄 아는 새새는 세라네 창가에 붙어 노골적으로 집 안을 구경해댔다. 붕어빵 좀 구워봐라! 어디 한번 맛 좀 보자! 보여준다더니 진짜 제대로 보여주네. 진짜 팥이 천직이었네. 어쩐지 팥빙수 맛이 좋더라고. 근데 붕어빵만 되냐? 하필이면 붕어빵이야, 존나 더운데.

야보는 모두를 째려보며 커튼을 쳤다. 그래도 웃음소리는 밤새 세라를 떠나지 않았다.

대장은 세라를 찾아오지 않았다. 킹덤의 감사도 조용히 돌아갈 준비를 했다. 붕어빵은, 쓸데도 없겠다며.

세라는 출근도 하지 않고 집 안에만 박혀 있었다. 방문도 굳게 걸어 잠근 채였다. 야보는 괜찮다고 할 뿐이었다.

"나는 네가 그런 능력을 가져서 좋아, 응? 세라, 제발 나와봐."

그 말이 제일 끔찍했다. 어떤 비난과 조롱보다도 이 능력이, 무능력자인 세라가 좋다는 야보의 위로가 가장 미웠다.

야보는 모르지 않을 건데. 능력이 생긴다는 기대감과 그렇게 구원자가 될지도 모른다는 엄청난 기대감은 모두 한때 야보도 가졌던 희망이었다. 그때는 세라와 염도 놀이공원을 처음 가는 아이들처럼 들떠 있었다. 야보의 발현병 곁에는 그런 응원이 있었다.

하지만 세라는 응원도 없이 발현병을 버텨냈다. 오롯이 세라 홀로 소망했다. 신념을 담아, 이 모든 상황을 원래대로 되돌릴 수 있다는 희망의 땀에 젖어 아픈 와중에도 웃었다. 오랜만에 염의 꿈을 꾸었고 어쩌면 염을 되찾아올 수도 있겠다고, 스스로를 향해 확신하기까지 했다. 그러면 이제 모든 게 제자리로 돌아올 거라고. 세 사람이 모두 아프지 않고 평범하게 살아갈 수 있을 거라고. 더 이상 덥지도 춥지도 않게 적절한 땀을 흘리고 적당한 추위를 느끼며 모두 엇비슷한 체온으로, 특별하지 않으나 이전과는 다른 특별한 하루가 이어질 거라고. 지난한 세상으로부터 벗어날 때가 왔다고.

세라는 머리를 움켜쥐었다. 손에 짙게 밴 팥 냄새가 끔찍했다. 거울 속 눈동자도 붉게 익은 얼굴도 비참했다. 결국 세라는 어디에서도 벗어나지 못했다. 어쩌면 세라가 그토록 기다렸던 건 해방이었을지도 모르겠다. 비능력자라 아무것도 할 수 없었던 죄책감으로부터.

"세라……."

야보가 미웠다. 야보가 미운 스스로도 미웠다.

"지금은 널 보고 싶지 않아."

기뻐하는 야보의 얼굴이 선연하게 떠올랐다. 세라의 희망은 야보와 염의 짓밟힌 희망을 꿰어놓은 것이었다. 열심히, 꼼꼼히 오랫동안 둘을 위해 이어 붙인 것이었다.

"세라, 이게 옳은 거야."

야보의 한마디에 세라는 형용할 수 없는 기분에 휩

싸였다. 말 한마디가 세라를 눌렀다. 집이 갈라지고 금방이라도 천장이 무너질 것만 같았다. 세라는 대장도 끄나풀도 킹덤도 아닌 야보에게 짓밟힌 것만 같았다. 구원자 세라를 결코 원하지 않았던 야보. 세라의 희망 뜨개는 끝내 뜯겨나갔다.

세라는 고개를 파묻었다. 받아들이는 수밖에 없었다. 끝났다고.

캉!

그 순간 정체 모를 폭발음이 군락을 휩쓸었다. 세라의 집까지 진동이 느껴졌다. 야보가 다급하게 방문을 두드렸지만 세라는 창문으로 다가갔다. 창밖은 흙먼지에 뒤덮여 잘 보이지 않았다. 멀지 않은 곳에서 연기가 피어올랐다.

캉!

한 번 더 폭발이 일어났다. 불길이 솟았다.

식당이 폭파됐다.

"세라."

잊으려 해도 잊을 수 없는 목소리가 먼저 도착했다.

"염……."

염이 돌아왔다. 연기를 일으키며.

순간이동

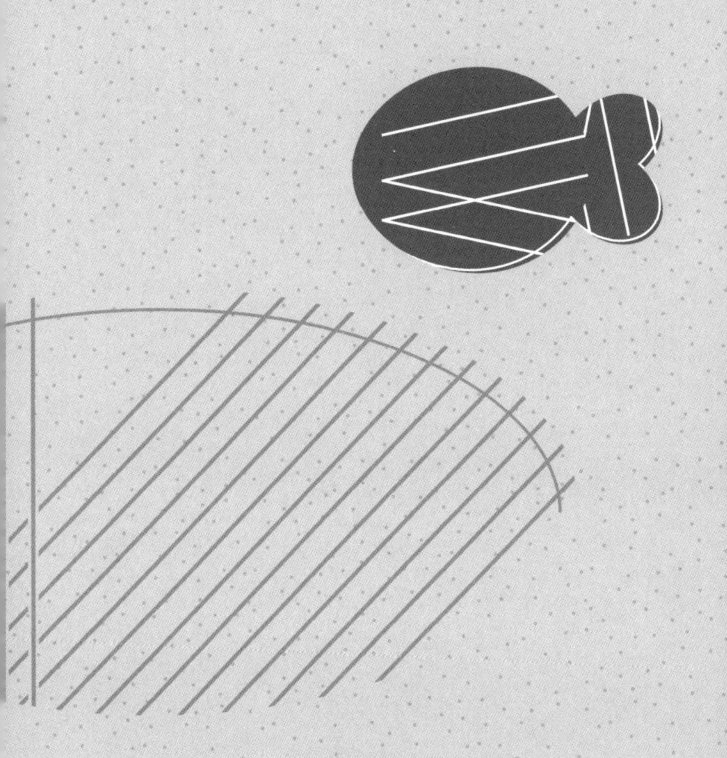

"창문을 열어."

세라는 홀린 듯 창문을 열었다. 흙먼지가 방 안에 들이닥쳤다. 공중 부양 능력자들이 날아오고 있었다. 세라가 급히 창문을 닫으려는 순간 염이 창밖으로 몸을 날렸다. 염의 이름을 부를 새도 없이 염은 사라졌다.

공중의 능력자들 앞에 염이 모습을 드러냈다.

추락할 거야.

하지만 그러기도 전에 염은 세 능력자를 제압했다. 능력자들의 추락과 동시에 염은 다시 사라졌다.

염이 돌아왔다. 세라의 곁으로.

세라는 염을 꽉 끌어안았다. 뜨거웠다. 진짜 염이었다. 꿈이 아니었다. 염은 그런 세라를 살짝 떼어내더니 세라의 눈을 지그시 바라보았다.

"정말이네. 세라도 능력자가 되었네."

염이 씩 웃었다. 종종 식당의 뒷골목을 지나 배달을 갈 때면 염은 꼭 세라가 있는 조리실 창문을 두드렸다. 세라는 팥을 삶다가 창문을 열고 뒷걸음으로 골목을 빠져나가는 염에게 손을 흔들었다. 가끔 팥 주걱을 쥔 채 흔들어서 골목에 팥이 튀곤 했다. 간혹 염은 바쁘지 않을 때면 남색 눈동자를 빛내며 골목의 끝자락에서 세라 앞으로 한 번에 이동했다. 서프라이즈. 다정했다.

"어떤 능력인지 물어봐도 돼?"

그렇게 물어오는 염의 목소리는 조심스러웠다. 세라는 쉬이 대답할 수 없었다. 염이 실망할 것 같았다. 어떻게 된 일인지는 몰라도 방금 보았던 염의 모습은 이 년 전과는 달랐다.

한참 대답이 없자 염이 세라를 꽉 끌어안았다.

"괜찮아. 방법을 알아."

"방법?"

"일단 이 일부터 해결하고."

"일이라니?"

염의 깊은 눈동자가 번뜩 빛났다. 능력이 발동되려 하고 있었다.

"다시 가야 해."

"어디로? 간다니, 왜?"

"복수."

세라가 다급하게 붙잡았지만 염은 그 말을 끝으로 다시 사라졌다.

어디로 갔는지 알 것 같았다. 느낌이 좋지 않았다. 세라는 서둘러 방문을 열었다. 문 앞에서 꽁꽁 얼어가는 야보가 고개를 들었다. 눈 아래로 얼음이 도르르, 굴러 떨어졌다.

"염이 돌아왔어……."

야보의 눈이 커졌다. 희미한 눈동자. 흰색 막이 쓰인 것 같은 눈. 야보의 속눈썹에도 얼음이 맺혀 있었다. 창백한 야보의 얼굴을 보고 있자면 본 적도 없는 겨울의 설경을 보고 있는 것 같은 기분이었다. 그런 야보가 미웠다. 온몸에 깃든 겨울을 홀로 나고 있는 야보의 외로움이 물씬 느껴졌다. 미안해. 야보는 얼음을 떨어뜨리며 말했다. 그런 야보가 미웠다. 나는 그냥, 그냥……. 야보는 말을 잇지 못했다. 세라는 다시 한번 염이 돌아왔다고 말했다. 야보는 잠시 멈칫하다 고개를 끄덕이며 얼음을 흘릴 뿐이었다. 세라가 다치지 않았으면 했어. 겨우 더듬더듬 말을 잇는 야보가 미웠다. 세라는 야보를 지나쳤다. 멀리서 또다시 폭발음이 들렸다. 염의 소행인 게 분명했다. 가야 했다. 현관문 손잡이를 잡았다.

결국 세라는 야보를 미워할 수가 없었다. 야보를 홀로 둘 수가 없었다. 야보가 세라를 짓밟으려 했을 리가 없었다. 야보가 세라의 마음을 온전히 헤아리지 못했던 것처럼 세라도 이해할 수 없는 야보의 겨울이 있기 마련이었다. 세라는 세 사람이 함께하던 세상을 져버릴 수 없었다. 붕어빵으로는 아무것도 할 수 없는 것처럼 세라는 야보를 이길 수가 없었다.

세라는 야보에게 돌아와 야보를 끌어안았다. 야보의 체온이 다시 돌아오기 시작했다.

"다녀올게."

"정말 염이 돌아온 거야?"

"응, 염을 데려올게."

"그러면 이제 다시 우리 셋이 지낼 수 있는 거지, 예전처럼?"

예전이라는 말이 세라의 마음을 쑤셨다. 세라가 지금 할 수 있는 건 염을 데려와서 이 자리에 앉히고 우리가 변했으나 변하지 않았다는 확신을 주고받는 것뿐이었다. 이제는 더 이상 예전과 같을 수 없다는 걸 알기 때문에 그 확신이 절실했다.

"그런데 염은 어디로 갔는데?"

"대장에게……."

군락 곳곳에 불기둥이 솟았다. 세라가 일하던 식당 쪽의 연기가 가장 심했다. 검은 연기는 시뻘겋게 물든 하늘을 가르고 끝없이 뻗어나가는 중이었다.

한 번 더 폭음이 들렸다. 폐성당이 있는 쪽이었다. 대장이 지내는 곳이자 대부분의 끄나풀이 드나드는 곳이었으며 킹덤의 감사들도 폐성당에서 며칠 묵었다.

폐성당은 아주 오래전, 한여름에도 시원하도록 설계되었다고 했다. 곧게 뻗은 첨탑과 실내 구조, 창의 방향과 대리석 소재, 곳곳에 난 통기구 등이 폐성당의 내부를 서늘하게 만들었다. 세라는 건축은 잘 몰랐기에 어쩌면 그건 설계자보다 신의 가호가 닿기 때문일지도 모르겠다고 생각했다. 신의 능력이라거나 성당의 능력이라거나. 신성함이 깃든 공간이니 그러려니 했다.

그런 폐성당 첨탐의 십자가가 떨어졌다. 첨탑이 꺾이고 천장에 거대한 구멍이 나고 뒤늦은 일몰의 햇빛이 조각상 머리에 내리꽂혔다. 수많은 대장의 끄나풀이 땀에 젖은 채 여기저기 널브러져 있었다. 미동도 없었다.

아무도 염을 잡지 못했다. 닿을 수조차 없었다. 염은 한 사람씩 정확히 쓰러뜨렸다. 뒤에서 나타나 뒷목을 걷어차서 정신을 혼미하게 만들고 다시 앞에서 나타나 명치를 쳐올려 공중으로 띄우고 다시 위에서 나타나 머리를 내리찍어 상대를 바닥으로 내리꽂았다. 하나씩 또 하나씩. 염은 자비가 없었다. 그러다 어디선가 소형 폭탄을 가져와 저들에게 던지는 동시에 염은 이 광경을 넋 놓고 바라보는 세라를 데리고 순간이동을 했다. 폐성당에서 꽤 떨어진 곳에 도착하자마자 성당이 폭발했다. 불길이 치솟았다. 하늘이 시뻘게졌다.

"여기 있어."

염은 그렇게 말하고 다시 사라졌다. 폐성당에서는 요란한 소리가 끊이지 않았다. 세라는 다시 폐성당을 향해, 염을 향해 달려갔다.

아수라장이 따로 없었다. 수많은 사람들이 보이지 않았다. 몸을 피했거나 그만큼의 능력이 되지 않아 몸을 피하지 못하고 잔해 밑에 깔렸거나 둘 중 하나였다. 성당 잔해를 바라보고 선 염의 뒷모습이 너무도 낯설었다. 모르는 사람의 등처럼 느껴졌다.

그때 한쪽에서 잔해가 들썩이더니 커다란 대리석이 염을 비껴 날아갔다. 먼지와 함께 몸을 일으킨 건 대장이었다. 온몸이 흙먼지에 뒤덮인 채 머리와 팔에서 피를 흘리는 대장의 모습은, 평생 전장에 있던 사람 같았다. 그는 찢어져 너덜거리는 옷을 단숨에 뜯어냈다. 그의 거대한 가슴이 부풀어 올랐다 꺼지기를 반복했다. 대장의 뒤로 몇 명의 사람들이 신음을 흘려댔다. 무너지는 건물 잔해를 대장이 받치고 버틴 덕에 겨우 목숨을 부지한 것 같았다. 대장은 염을 차갑게 쳐다보았다. 냉랭한 눈. 야보가 그렇게 되던 날 봤던 눈이었다. 어떤 분노도 연민도 담기지 않은, 모든 감정을 배제한 눈빛이었다. 염도 대장을 죽일 듯 노려보았다. 깊은 남색 눈동자가 햇빛을 받아 매섭게 번뜩였다. 염과 대장 사이에 숨 막히는 긴장감이 맴돌았다.

먼저 움직인 건 염이었다. 하지만 대장은 쉽게 당하지 않았다. 수많은 전투를 겪은 그였다. 군락이 자리를 잡을 때 많은 반란이 있었고, 대장은 자신을 증명하기 위해 수없이 주먹을 휘둘렀다. 그러니 염이 나타날 방향쯤은 쉽게 읽어냈다. 조금 전 보았던 염의 움직임을 보고 벌써 염의 패턴을 분석한 걸지도 몰랐다. 대장이 주먹을 내지른 곳에 염이 나타났다. 그러나 주먹이 염에게 닿기 직전 염은 사라졌다. 아슬아슬했다. 염은 섬광 같았고 대장은 염의 모든 방향을 꿰뚫었다. 세라는 믿기지 않았다. 거대한 몸으로 빠르게 몸을 회전시키는 대장도 무시무시했지만 그런 대장과 호각으로 맞서 싸우고 있는 사람이 염이라는 게 믿기지 않았다. 세라가 알던 염은 결코 대장에게 닿을 수 없는 사람이었으니까.

끝내 염이 먼저 대장에게 한 방을 먹이는 데 성공했다. 하지만 대장은 단단했다. 꿈쩍도 하지 않았다. 엉망진창인 몸이라고 해도 고작 염의 주먹에 쓰러질 사내가 아니었다. 대장이 순식간에 몸을 돌려 염의 팔을 붙잡은 순간, 염은 다시 능력을 발동해 사라졌다. 대장의 얼굴이 일그러지기 시작했다. 아무리 대장이라도 염을 잡을 수가 없었다. 그 누구도. 대장은 조금씩 흔들렸다. 염은 그 틈을 놓치지 않고 대장의 정신을 쏙 빼놓는 순간이동을 보여주었다. 보란 듯이 사라지고 나타나기를 수십 번 반복한 끝에 염은 칼 한 자루를 쥐었다.

세라에게도 낯익은 칼이었다. 그날도 염은 저 칼을 쥐고 대장의 머리 위에 나타났다. 그날은 실패했지만, 지금은 실패하지 않았다. 한 치의 망설임 없는 이동으로 대장을 공격했다. 심장과 어깨 사이, 대흉근 상부에, 그러니까 대장이 야보를 찔렀던 바로 그 자리에 정확히 칼을 꽂았다. 염은 지체 없이 칼을 뽑아냈다. 대장의 벌어진 상처에서 피가 치솟았다. 대장은 상처를 감싸고 휘청거리다 한쪽 무릎을 꿇고 말았다.

염이 다시 칼을 높게 쳐들었다. 기운 해를 따라 길게 늘어진 칼의 그림자가 세라에게 닿았다.

"염……."

세라가 조심스레 염의 이름을 불렀다. 염의 칼은 금방이라도 대장을 한 번 더 꿰뚫을 것 같았다. 세라는 한 걸음씩 염에게 다가갔다. 아주 천천히, 한 걸음씩. 염을 말려야 할까. 아니, 왜……? 어쩌면 그토록 바랐던 순간일지도 모르는데. 대장에게 복수하는 순간을 기다렸을지도 모르는데. 세라는 혼란스러웠다. 기다렸을지도 모르는 순간, 그러나 칼을 쥔 염을 기다린 것은 아니었다. 그리고 세라는 단 한 순간도 염의 능력이 사람을 해할 수 있는 능력이라고 생각해본 적이 없었다.

"정말 죽일 거야?"

염의 칼이 움직이기 시작했다. 칼에 반사된 노을빛이 세라의 눈앞을 가렸다.

그때 야보가 세라를 지나쳐 염에게 달려갔다. 야보는 염의 팔을 붙잡고 염의 손에서 칼을 떼어냈다. 야보는 한동안 칼을 손에 쥐고 있었지만 대장에게 날을 세우지는 않았다. 칼끝은 그저 땅을 향해 있을 뿐이었다.

"줘."

염의 말에 야보는 고개를 저었다. 그러고는 겨우 숨을 유지하고 있는 대장에게 말했다.

"우린 하지 않을 거예요."

대장은 말이 없었다.

"대장처럼 하지 않을 거예요."

"나는…… 사과하지 않을 거다."

"그래요, 하지 마세요."

대장은 얼굴을 찡그리며 크게 숨을 몰아쉬었다. 상처를 틀어막은 손가락 사이로 피가 천천히 흘러내렸다.

"이제…… 어떻게 할, 거지? 대의라도, 지킬 건가?"

대장은 코웃음을 치며 염에게 물었다.

"너도, 똑같아질 거다."

"뭐래."

염의 목소리가 날카로웠다.

"힘을 가진 자라면, 응당, 해야 할, 일이었을, 뿐이야. 너도, 이 애들을, 지키기 위해, 나처럼, 할, 거다."

"지켜? 당신이? 우리를? 언제."

염이 기가 찬 목소리로 대꾸했다.

"부정하지, 마라. 너도, 알 텐데. 알았으니…… 그, 선택을, 한 거, 아닌가? 떠나야겠다고. 강해져야, 겠다고. 둘만, 두고서."

대장은 겨우 한 어절씩 내뱉으며 야보가 쥔 칼을 바라보았다. 염은 대답하지 않고 먼 곳으로 시선을 옮겼다. 생각에 잠긴 듯 단단하게 쥔 주먹은 얼마나 세게 쥐었는지 선명하게 핏줄이 섰다. 그런 염의 주먹을 야보가 살포시 감쌌다.

"당신은 그래서 날 살려뒀겠죠. 구원자가 아니게 되었으니까. 그래서 세라를 건드리지 않았을 거예요. 구원자가 아닐지도 모를 테니까."

세라는 그렇게 말하는 야보와 눈이 마주쳤다. 세라의 능력을 알고 기뻐하던 야보의 모습이 잔상처럼 떠올랐다. 발현병을 앓는 내내 찾아와 상태를 살피던 대장의 모습도, 야보를 해하던 대장 뒷모습도, 세 사람에게 집을 구해주던 대장도, 처음으로 세 사람을 군락에 들이던 거대한 대장의 손도. 모두 피로 적셔진 대장의 손과 염의 칼에 겹쳐졌다. 그가 세 아이를 지키기 위해 했다던 모든 행동에는 붉은 피가 묻어났다.

"그래. 구원자가, 되지 않는 게…… 구원이다. 그게, 이 세상을, 살아갈 수 있는, 유일한, 방법이야."

"힘으로 다른 힘을 누르는 게 어떻게 구원이에요."

야보는 칼을 떨어뜨렸다. 그리고 나지막이 말했다.

"이 세상에 구원은 없어요."

세라도 염도 한동안 야보를 바라보았다.

대장은 숨이 넘어간 건지 미동이 없었다. 잔해 밑에서 겨우 목숨을 부지한 사람들이 하나둘 모습을 드러내고, 저 멀리 몸을 피했던 사람들이 폐성당으로 돌아오는 걸 뒤로한 채 세 사람은 조용히 자리를 떠났다. 집으로.

밖은 소란스러웠지만 더 이상 세라의 집을 찾아오는 사람은 없었다. 공중 부양자들이 창문 앞을 서성이며 집 안을 노려보긴 했어도 염과 눈이 마주치면 가던 길을 갔다. 불길을 잡고 부상자들을 돌보느라 다들 바빠 보였다. 셋 중 누군가가 커튼을 치고 나서야 집은 바깥과 완전히 분리될 수 있었다. 누가 그랬는지는 중요하지 않았다. 이러나저러나 염도 야보도 세라도 바깥의 일을 집 안으로 들이고 싶지 않은 건 매한가지였다.

하지만 문제는 그러고 나니 팥 냄새가 너무 강하다는 거였다. 세라는 팥 냄새를 인식한 순간 정신이 들었다. 염이 돌아왔다는 사실과 그 이후로 벌어진 일에 정신이 팔려 오늘 자신에게 일어난 일을 잊고 있었다.

염과의 재회는 생각했던 것과 달랐다. 사건의 여파가 컸다. 염이 능력을 쓰는 모습부터 봐서 그런가. 세라는 염이 낯설었다. 이 년이라는 시간이 지났다고 해도 어떤 사람들은 삼 년 만에 만나도 어제 본 것 같은 기분이 들기 마련이었다. 세라에게 염은 당연히 그런 사람일 거라고 생각했다. 그런데 부쩍 자란 키와 달라진 골격, 조금 더 굵어진 듯한 목소리와 언제 생긴 건지 볼에 난 생채기까지 모든 게 낯설었다. 무엇보다 검푸르게 일렁이는 눈동자가 낯설었다. 염이 분명히 이곳에 있는데 염이 아닌 것만 같았다. 염의 구석을 찾고 싶어서 야보를 바라보았다. 어쩌면 야보는 아무렇지 않을 수도 있으니까. 하지만 야보는 고개를 숙인 채 무슨 생각을 하는지 도통 알 수 없는 표정을 짓고 있었다. 세라가 기다려온 염과의 재회는 이런 모양새가 아니었다. 익숙한 모양새여야 했다.

얼마나 시간이 지났을까. 염이 끝없이 길어지는 정적을 깨뜨리기 위해 자처하고 나섰다.

"얘들아, 봐봐."

달라진 저를 증명이라도 하겠다는 듯 자리에서 벌떡 일어난 염은 푸른 눈을 번뜩이곤 사라졌다. 염은 세라의 등 뒤에서 나타났다. 다음에는 야보의 눈앞에서, 그다음에는 책상 아래에서 그리고 소파 위에서 탁자 위에서 다시 세라의 눈앞에서……. 쉬지 않고 등장과 퇴장을 반복했다. 출현 속도가 얼마나 빠른지 눈으로 따라잡기 버거울 정도였다. 사라지고 나타나는 자리마다 바람이 일었다. 염이 움직일 때마다 공기가 함께 움직였고 냄새가 함께 이동했다. 세라는 염을 따라다니는 팥 냄새에 머리가 어지러워졌다.

"어때, 얘들아? 나 강해졌지?"

염은 뿌듯하다는 듯 팔에 힘을 주며 근육을 자랑했다. 한때 밋밋했던 팔뚝에는 근육의 굴곡을 따라 음영이 져 있었다.

어리석은 염. 여전히 염은 어리석었다. 웃기고 재밌고 분위기를 잘 풀 줄 아는 염. 원래대로라면 그런 염을 보며 세라와 야보는 깔깔 웃었을 것이다. 세라보다도 야보가 먼저 웃었을 것이다. 세 사람 중 가장 해맑은 사람을 고르라면 그건 야보였으니까. 지금도 야보는 염을 보며 웃고 있기는 했다. 희미하게. 하지만 이건 아니었다. 이런 식은 아니었다. 야보의 눈은 슬퍼 보였다.

"그만하고 앉아."

막 바짓단까지 접어 올려 허벅지 근육을 자랑하려던 염은 머쓱하게 웃으며 옷매무새를 다듬었다.

"미안."

"사과 안 해도 돼."

"그래도. 연락 못 해서 미안. 늦게 와서 미안. 그동안 어디에 있었냐면……."

"얘기 안 해도 된다니까."

단호하게 염의 말을 끊는 야보의 말에 세라는 적잖이 놀랐다. 여전히 웃고 있는 표정과 상반되게 차갑고

서글픈 야보는 듣지 않겠다며 선을 완강하게 그었다.

"그래, 안 할게."

염은 야보 앞에 앉아 헤실헤실 따라 웃었다. 눈치가 빠른 편이어서 보고 싶었다느니, 잘 지냈느냐느니 따위의 말은 하지 않기로 한 듯했다. 염은 다른 말을 골랐다.

"나 배고파."

적절했다.

"그래, 배고프겠다. 밥이나 먹을까?"

야보도 화두를 돌리는 데 동의했다.

"어어, 그러자. 배고프다. 내가 할게."

세 사람은 돌아가면서 요리를 했었고 그간 야보와 세라가 요리를 도맡아왔으니 오늘은 염의 차례가 맞았다. 염은 무탈하게 식사 당번 궤도에 안착했다. 세라는 점차 모든 게 제자리로 돌아가고 있다고 생각했다. 하지만 부엌으로 향하는 염의 뒷모습에서 향수를 느끼려던 찰나, 세라는 그 너머에 놓인 플라스틱 통 하나를 발견했다. 세라가 지금 맡고 있는 건 오래전의 향수 따위가 아니었다. 모든 냄새가 저곳에서 나오고 있었다.

염이 부엌으로 가는 것만은 막아야 했다. 세라는 순간이동이라고 착각할 정도로 빠르게 몸을 날렸다. 큰 소리와 함께 세라는 겨우 염의 발목을 잡았다. 발목을 붙잡힌 염은 토끼 눈을 뜨고 바닥에 엎어져 있는 세라를 내려다보았다.

"어, 왜? 세라가 하려고?"

"아, 그게 아니라……."

"나 빼고 뭐 맛난 거라도 먹었나 봐?"

세라가 마땅한 대답을 고르는 사이 염은 단숨에 부엌 앞으로 이동했다. 세라가 말릴 새도 없이 꾹 닫혀 있던 플라스틱 통 뚜껑을 열었다. 여태 노릇한 형태를 유지하고 있는 붕어빵이 염을 맞이했다.

"어, 웬 붕어빵?"

염이 고개를 갸웃거렸다.

"먹어도 돼? 붕어빵 처음 먹어보는 거 같은데."

세라와 야보의 얼굴이 순식간에 굳었다.

"왜들 그래? 먹으면 안 되는 거야?"

"먹어본 적이 없다고?"

"응, 아닌가? 내 착각인가?"

그걸 잊는다는 건 말이 되지 않았다. 처음 붕어빵을 만들었을 때도, 붕어빵을 연구할 때도, 붕어빵 시식회를 열었을 때도. 염은 뜨거움을 참아가며 꾸역꾸역 붕어빵을 먹었다. 심지어 염은 세라가 붕어빵 장사를 하겠다고 떠들어댈 때 붕어빵 시식 후기를 남겼을 만큼 열정적이었다. 그리고 그건.

"순정이었잖아……."

야보가 떨리는 목소리로 중얼거렸다.

"응?"

염은 정말 아무것도 모른다는 듯 해맑은 얼굴로 되물으며 붕어빵을 집었다.

"와, 냄새 대박. 먹어도 되지? 너네 이런 것도 만들 줄 알았어?"

염이 붕어빵을 먹으려는 찰나 세라가 염의 손을 내리쳤다. 붕어빵만 빼앗으려던 거였는데. 염과 야보가 벙찐 얼굴로 세라를 바라보았다. 짝 소리와 함께 바닥으로 추락한 붕어빵은 힘 한 번 써보지 못하고 터져버렸다.

팍.

방금까지와는 차원이 다른 묵직한 팥 냄새가 집 안에 물씬 퍼졌다. 팥을 삶는 냄비 안에 들어온 것 같은 기분이었다. 염은 냄새에 이끌리듯 천천히 자세를 낮춰 한때 붕어빵이었던 것의 잔해를 집어 먹었다. 염은 음미하듯 한참 꼭꼭 씹었다. 그러고는 세라를 올려다보았다. 세라의 얼굴과 귀가 빨갛게 달아올랐다.

"그렇구나."

질편하게 퍼진 붕어빵을 보고 있자니 세라는 금방

이라도 눈물이 터질 것 같았다. 도망치듯 들어간 화장실 거울에 비친 세라의 눈동자는 너무나 팥 알갱이를 닮았다. 염이 왔다 갔다 하는 동안 후덥지근해진 집의 열기에 빨개진 얼굴도 꼭 붕어빵 스프레드를 닮았다. 그 냄새를 염이 맡고 끝내 붕어빵을 먹었다는 사실에 견딜 수가 없었다.

염이 화장실 문을 열고 뒤따라 들어왔다.

"괜찮아."

염은 그렇게 말하며 세라의 등을 조심스레 감쌌다.

"안 괜찮아!"

세라는 저를 끌어안는 염을 밀어냈다. 균형을 잡지 못한 염은 넘어지기 직전 화장실 문 밖으로 순간이동을 했다. 그 광경에 세라는 굳어버렸다. 염은 달라졌다. 강해졌다. 하지만 세라는 어떤가. 붕어빵 냄새가 끊이지 않았으며 세라를 향해 뻗어오는 염의 손끝에는 붕어빵 잔여물이 묻어 있었다. 그제야 세라는 이 모든 낯섦의 근원을 알 것만 같았다. 염이 강해져서가 아니었다.

"뭐가 괜찮다는 거야? 붕어빵이? 이게 정말 괜찮다고? 나는 고작 붕어빵이나 만든다고. 아무것도 할 수가 없는데 뭐가 괜찮다는 거야? 고작 붕어빵이라고! 이딴 붕어빵으로 뭘 할 수 있는데!"

모든 문제의 원인은 세라가 붕어빵 능력자라는 것이었다. 야보가 아무것도 듣지 않고 싶어 했다면, 세라는 아무것도 들키고 싶지 않았다.

아무것도 할 수 없었다는 게 참을 수가 없었다. 이것보다 조금이라도 더 나았더라면 이렇게 초라하지는 않았을 거였다. 붕어빵만 아니었어도. 그런데 하필이면 붕어빵이었다. 팥빙수도 아이스크림도 음료수도 아닌 붕어빵이라고. 하다못해 딱딱한 붕어빵이라면 던지기라도 할 수 있었다. 하지만 세라의 능력은 고작 맛있고 상하지도 않는 뜨거운 붕어빵을 잘 만들 수 있다는 것이었다. 이 여름에!

세라는 고작 붕어빵이라 염의 뒤에서 그저 싸움을 지켜보고 있어야만 했다. 나설 수도 없었다. 집에 돌아와서도 아무렇지 않게 염을 대할 수 없었다. 달라진 염의 능력을 보며 웃을 수도 없었다. 염의 농담을 받아쳐 줄 수도 없었다. 이것보다 조금이라도 더 나았더라면.

이럴 거면 애초에 능력 따위는 없는 게 나을지도 몰랐다. 애초에 아무것도 없었더라면 평범하게 상한 붕어빵을 먹거나 평범하게 다시 붕어빵을 구워 먹거나 평범하게 저녁을 먹거나 평범하게 이야기를 나누었을 것이다. 그간의 회포를 풀었을 거고 이 재회가 이토록 어색

하지도 않았을 거다.

세라는 그런 결론에 다다랐다. 이건 내가 제대로 달라지지도, 달라지지 않지도 못했기 때문이다. 세라는 구원자도 말쑥한 능력자도 되지 못했다. 붕어빵만 잘 구울 줄 알았다. 이런 모습으로 염을 만나고 싶지는 않았다. 세라가 단 한 번도 생각한 적 없는 모양새는 바로 이런 거였다. 부끄러웠다. 초라했다. 세라의 붕어빵은 상하지도 않았다. 아직도 따뜻했다.

"내가 다 해결할게."

염이 주먹을 꽉 쥐었다.

"그게 무슨 말이야?"

"나는 구원자가 될 거야."

옆에서 듣고 있던 야보의 얼굴이 사색이 되었다.

"네가 어떻게?"

염은 뜸을 들였다.

"알아야겠어. 그래, 방법이 있다고 했지."

세라를 만난 직후 염은 방법이 있다고 말했다. 세라는 모든 게 궁금해지기 시작했다. 떠나 있는 동안 염은 무엇을 겪었나. 어떻게 염은 달라졌나. 그걸 직접 들어야만 했다. 달라질 수만 있다면, 힘을 가질 수만 있다면 세라는 저도 그걸 가져야겠다고 생각했다.

"말해. 그간 무슨 일이 있었는지."

"아니야, 하지 마."

허옇게 질린 얼굴로 막아서는 야보를 뒤로하고 세라는 염의 푸른 눈을 쏘아보았다.

"킹덤에 다녀왔어."

"아니야."

"킹덤에는 '근원'이 있어."

"제발."

"계속해."

"세라!"

"나는 들어야겠어."

"알고 나면 돌이킬 수 없을 거야, 응? 세라야."

야보는 애원하다시피 세라를 붙들었다.

"야보, 너 뭔가 알고 있어? 쟤가 무슨 일을 겪었는지. 킹덤이 어디에 있는지. 근원이 뭔지. 너는 아는 거야?"

"몰라! 하지만 그게 뭐든! 그런 건 중요하지 않잖아."

"나한테는 그게 제일 중요해."

"우리보다……?"

야보가 떨리는 목소리로 되물었다. 그게 추워서인

지 감정의 동요가 일어서인지, 세라는 분간할 수 없었다.

"염, 계속해."

"처음 이동하고 정신을 차렸을 때 나는 이미 근원 안에 있었어. 거기서 겪은 일은 사실 잘 기억나지 않아. 다만, 근원에서 나오고 나서야 알았어. 그곳이 킹덤 안이었고, 아주 오랫동안 근원은 킹덤 안에 잠들어 있었다는 걸."

"킹덤 안에 있는 걸 킹덤이 모를 수가 있어?"

"아주 오래된 결계가 쳐져 있었으니까. 그건 이제 힘을 다해 사라지는 중이었어."

"그게 뭔데 결계까지 쳐져 있어?"

"근원은 능력자의 능력을 증폭시키니까."

"능력을 증폭시킨다고?"

"그래. 내 능력은 모두 거기서 비롯된 거야."

꼭 다른 사람 같았던 염의 모습이 세라의 머릿속을 스쳐 지나갔다.

"많은 게 바뀔 거야. 나는 전과는 달라. 이젠 너희를 지킬 수 있는 힘이 생겼어."

"바뀔 거라고……."

세라는 그 말을 몇 번이고 곱씹었다. 바뀔 수도 있다고. 그렇다면 세라는 다시 구원자가 될 수 있을지도 몰랐다. 무엇이 두려운지 자꾸만 떨고 있는 야보도 다시 구원자가 될 수 있을지도 몰랐다. 우리 모두 구원자가 되어 서로의 구원이 되고 세상의 구원이 될 수 있을지도 몰랐다. 그렇게 될 수만 있다면.

"위험할 거야."

야보는 불안에 떨며 세라의 옷깃을 붙잡았다.

"염, 너도 아무것도 하지 마. 뭘 바꾸겠다는 거야, 응? 아무것도 바꾸지 않아도 돼. 우리 셋이 다시 모였잖아. 이대로면 되잖아. 세 사람만 있으면 되잖아. 다시 예전처럼 잘 지낼 수 있잖아. 조금 더워도, 조금 힘들어도……."

"계속 이렇게 살 수는 없어."

염이 단호하게 말했다.

세라는 염의 말에 동의했다. 그때와 지금의 세 사람이 여전하기에는 세 사람 모두 여전한 구석이 하나도 없었다. 모두가 세상의 쓴맛을 매일같이 맛봐왔다. 예전처럼 '잘' 지내기 위해서는 많은 것이 더 바뀌어야 했다. 야보가 더는 아프지 않아야 했고 염이 더는 책임감을 홀로 짊어지지 않아야 했고 세라는 당당해져야 했다. 그러기 위해서는 더위를 물리쳐야 했고 대장을, 그래, 대장은 염이 해결했으니 킹덤을, 이 세상을 뜯어고쳐야 했다.

세 사람이 마냥 잘 지냈던 시대는 쓴맛을 맛본 적이 없어 땀조차 달게 느껴지던 때까지였다. 그날 이후 세라에게 세상은 단 한 번도 달게 다가오지 않았다. 위태롭지 않은 날이 없었으며 불안하지 않은 날이 없었다. 괜찮은 날이 없었다. 세라는 그날과 염이 떠난 이후로 죄책감과 무력함으로부터 단 한 번도 벗어난 적이 없었다.

"너도 알잖아. 우리는 예전과 같아질 수 없어."

"힘은 사람을 바꿔."

"아니, 힘이 없어서 바뀐 거야."

그러니 그날을 뒤엎어야만 원래대로 돌아갈 수가 있는 거였다.

"어떻게 할 생각이야?"

세라가 물었다.

"킹덤으로 갈 거야. 그리고 그들을 처단할 거야."

"그럼 대장이랑 똑같아질 거야."

야보는 마지막으로 애원하듯 말했다.

"그래야 너희를 구원할 수 있어."

염은 단호했다.

"무엇으로부터?"

야보는 절실했다.

"지금으로부터."

끝내 야보는 눈을 질끈 감았다.

"나 때문이구나."

무엇도 염의 다짐을 막을 수 없다는 걸 직감한 것 같았다.

야보에게는 미안했지만 세라는 염과 뜻이 같았다. 확신이 섰다. 염과 함께 킹덤에 간다. 염이 말한 근원에 들어간다. 능력을 키운다. 세상을 정돈한다. 모두를 구원한다. 제자리로 돌아온다. 세라의 머릿속엔 온통 그것뿐이었다. 실패한다 해도 이건 해볼 만한 싸움이었다. 걸어볼 가치가 있고 이길 확률이 있는 싸움이었다. 진짜 기회가 온 것이었다.

"같이해. 나도 데려가."

"그럴 순 없어."

"뭐?"

"넌 할 수 없어."

"그게 무슨 말이야."

피가 굳는 것 같았다.

"너는…… 붕어빵이니까."

어디선가 무언가가 무너지는 소리가 들렸다. 아슬아슬하게 싱크대에 걸쳐져 있던 통이 떨어지는 소리였을까. 아니면 염의 공격으로 부실해진 건물이 무너지는 소리였나. 세라는 아무런 대답도 할 수가 없었다.

“나만 할 수 있어. 나는 이제 할 수 있어. 내가 이 세상의 구원자가 되어서 킹덤 새끼들 다 처단하고 너희를 근원으로 데리고 갈게.”

나아지기 위해서도 힘이 필요했다. 힘이 없는 자에게는 나아질 권리조차 주어지지 않았다. 세라의 세상은 기어코 무너지고야 말았다. 끝내 세라는 물컹한 붕어빵이었다.

*

두 번의 절망을 겪은 끝에 세라는 부쩍 말이 줄었다. 세라뿐만이 아니었다. 야보도 그랬다. 한집에 있으면서도 어떠한 대화도 나누지 않았다. 사실 일이 이렇게 되면 야보의 온도조절기가 제대로 터져버릴 거라고 생각했다. 하지만 예상 외로 야보는 무던하고 조용하게 지냈다. 버티고 있는 것일지도 몰랐다. 화장실에 가다가 종종 기침하는 야보를 스쳐 지나가면 근처에서 한기가 느껴졌지만 겉으로 보면 아무렇지 않은 듯했다. 그저 여름감기에 걸린 사람 같았다.

두문불출 바쁜 건 염뿐이었다. 염을 잡기 위해 킹덤

에서 사람이 나오기 시작한 것이었다. 만만치 않은 능력자들이 염을 급습했고 염은 자주 다쳤지만 검푸른 눈동자가 다녀간 자리에는 화려한 전투의 흔적 대신 고요한 부상자, 혹은 사상자가 널브러져 있었다. 염은 집에 돌아와 혼자 상처를 치료했다. 가끔 세라와 야보를 보기는 했지만 딱히 말을 걸지는 않았다. 어쩔 수 없는 일이었다.

그리고 며칠이 더 흘렀을 때, 염을 잡으러 온 능력자의 수가 점점 늘어나고 세라와 야보에게까지 몇 차례나 능력자들의 손길이 끼치자 염은 킹덤으로 직접 쳐들어가기로 했다.

"내가 여기에 있어서 너희가 더 위험해지는 것 같아."

"몸 조심해."

기다릴게, 그렇게 말하는 게 전부였다. 다음 날 아침 염은 세라와 야보가 일어나기도 전에 군락을 떠났다. 며칠 내내 싱크대 위에 두었던 플라스틱 통이 사라져 있었다. 야보 몫으로 그릇에 딱 하나만 남겨두곤 붕어빵을 몽땅 가져간 모양이었다. 그게 무슨 도움이 되겠냐마는, 적어도 염은 그걸 보며 세라와 야보를 떠올리고 힘을 낼 것이었다. 제 마음이 상했다 한들 세라에게는 염을 상하게 할 마음이 조금도 없었으니, 세라의 붕어빵은 영영 상하지도 않을 거고 따뜻할 거였다.

*

염은 떠났지만 염의 소문은 킹덤에 파다하게 퍼졌다. 염이 군락의 대장을 꺾었으며 파견을 나갔던 감사들도 모두 처리했다고. 이후에 염을 잡으러 온 능력자들도 순식간에 제압해버렸다고. 그 녀석의 능력은 순간이동이라고. 그것도 아주 나약했던. 여기까지는 사실이었다. 문제는 소문이 와전되기 시작했다는 거다. 아무리 대단한 순간이동이라도 전투에 효율적인 능력은 아니니 아무래도 조력자가 있는 것 같다고. 그래, 그 군락에 가족같이 지내던 능력자가 둘 있는데 두 사람 모두 구원자의 낌새가 있었다고. 하나는 온도조절기 그리고 하나는 붕어빵. 엥, 붕어빵? 아무래도 그건 은유인 것 같다고. 사람을 붕어빵으로 만들어버린다고. 야보와 세라는 염의 무시무시한 조력자가 되어 킹덤에 널리 알려지고 있었다.

그러면 답은 하나네.

처단.

*

그런 건 처음 봤다. 세라의 머리 위로 쏟아지는 불덩이와 마구 춤을 추는 건물들, 액체가 되어버리는 콘크리트, 손짓 한 번에 날아가는 부서진 건물 잔해. 세라와 야보는 킹덤에서 온 능력자의 눈짓 한 번에 공중으로 떠올랐다. 바람이 멱살을 쥐고 있는 것 같았다.

"말해. 그 녀석은 어디에 있지?"

발밑으로 끝없는 구멍이 생겨났다. 떨어지면 끝장이야. 또 다른 능력자가 구멍 안에 불을 붙였다.

"능력 쓸 생각은 하지 않는 게 좋아."

세라를 들어 올린 능력자가 엄포를 놓았다. 눈짓으로 바람을 부리는 능력자, 그녀의 이름은 흘라이였다. 흘라이를 비롯한 킹덤의 능력자들은 세라의 능력이 사람을 붕어빵으로 만드는 거라고 단단히 착각하고 있었다. 그래서인지 모든 능력자는 세라와 눈을 마주치지 않았고 군락에 도착하자마자 곧장 세라와 야보에게 맹공격을 퍼부었던 것이다.

허공에서 바라본 군락은 그야말로 아수라장이었다. 염이 부순 건물보다 당장 이들이 파괴시킨 곳이 훨씬 많았다. 다른 사람들의 안위는 조금도 신경 쓰지 않아서 식당과 재료실 근방에 보이는 붉은 흔적이 짓눌린 팔인지 혹은 사람인지 분간이 가지 않았다.

불을 쓰는 능력자가 흘라이에게 신호를 보냈다. 바람에 나부끼던 머리카락이 내려앉고 두 사람을 휘감던 바람이 사라졌다.

떨어진다. 죽는다.

구덩이 속 불꽃이 세라의 바짓단에 튀었다. 바지에 작은 구멍이 나고 탄내가 올라오는 순간, 바람이 다시 세라와 야보를 공중에 붙들었다.

"말해. 순간이동자의 위치를."

"몰라."

"몰라?"

흘라이는 곧 다른 능력자들에게 신호를 보냈다. 쌍둥이로 보이는 네 명의 사내가 사각형의 꼭짓점처럼 사방에 서서 손을 뻗었다. 손에서 실 같기도 전기 같기도 모종의 줄기 같기도 한 파선이 흘러나와 서로가 뱉는 파선과 연결되었다. 완전한 사각형의 파선이 세라와 야보 그리고 능력자들을 에워쌌다.

"순간이동은 이 안으로 들어올 수 없어. 그러니 말해. 그러지 않으면 너희가 죽을 거야."

"모른다고. 걘 우릴 버리고 떠났어."

세라는 흘라이의 눈을 똑바로 쳐다보고 말했다. 조금도 흔들리거나 약한 모습을 보이면 안 됐다. 능력자들에게뿐만 아니라 야보에게도 마찬가지였다. 불안정한 야보의 온도조절기가 터지기라도 한다면 소문의 실체가 들통날 게 뻔했다. 염을 숨겨주는 데 성공한다 한들 야보의 목숨이 위험해진다면 아무 의미가 없었다. 소문의 힘을 최대한 활용해야 했다. 그나마 다행인 건, 킹덤의 능력자들이 세라의 눈을 쳐다보지 않는다는 거였다.

"그러니 우릴 내려놔. 그러지 않으면……."

세라는 손에 힘을 모으기 시작했다. 아무것도 없었지만 손이 뜨거워지기 시작했다. 세라는 힘껏 능력자들을 붕어빵으로 만드는 상상을 했다. 눈이 검붉게 달아올랐다. 실수로 눈을 마주친 한 능력자가 작게 뒷걸음질 쳤다.

"그래? 그럼 누가 먼저 죽을지 내기해보자고. 너희는 둘, 우리는 수도 없지."

흘라이가 조소를 터뜨리며 말했다. 끝까지 눈은 마주치지 않았다.

"그럼 어디 한번 해봐. 너희가 빠른지 내가 빠른지."

도박 같은 말이었다. 상대가 동요하는 게 눈에 띄었다. 세라는 말뚝을 박기로 결심했다.

“설령 내가 죽어 아무 일 생기지 않아도, 과연 온도 조절기가 죽어도 아무 일도 일어나지 않을까?”

그러니 내려놔. 세라의 붉은 눈이 가라앉을 줄 몰랐다. 세라는 야보의 손을 꽉 잡았다. 계속해서 할 수 있는 거라곤 소문을 이용하는 것뿐이었다. 끝까지 소문에 넘어가서 능력자들이 돌아가기를 기대하는 것뿐이었다. 세라……. 야보가 작게 세라의 이름을 불렀다. 괜찮아. 세라가 야보를 살릴 수 있는 유일한 무기는 입과 팥빛 눈 그리고 최대한 단단하게 만든 마음뿐이었으므로. 세라는 마음으로 열심히 빌었다. 속아라, 속아라, 속아라, 속아라…….

그리고 능력자들은 하나둘 속아 넘어가기 시작했다. 아래에서 수군거리는 여러 목소리가 들려왔다. 괜히 건드렸다가 일 나는 거 아닙니까. 애들이 여태까지 얌전히 있기는 했잖습니까. 괜히 건드려서 피만 보는 거 아닙니까……. 흘라이 님, 바깥일에 우리가 이렇게까지 관여해야 됩니까?

“건드리지 않으면 우리는 얌전히 살 거야. 구원? 킹덤? 그런 거에 우린 관심 없어.”

세라는 한 능력자의 말을 이용했다. 흘라이는 미간을 잔뜩 구겼다. 세라와 야보가 천천히, 아주 천천히 아래로 내려가기 시작했다.

"흘라이 님!"

군락을 돌아다니던 능력자가 흘라이에게 달려왔다. 그의 귓속말을 듣던 흘라이가 돌연 세라의 눈을 똑바로 쳐다보았다.

"하!"

세라는 최대한 눈을 부릅떴지만 흘라이는 눈을 피하지 않았다.

"고물이랑 붕어빵?"

흘라이의 웃음소리가 군락에 메아리쳤다. 그녀는 찢어지듯 한참을 웃었다.

"저딴 것들 때문에 이렇게 힘을 뺐다고?"

흘라이가 얼굴을 팍 구겼다. 이제는 단 한순간도 세라의 눈을 피하지 않았다. 흘라이는 고작 붕어빵 세라를 견제하고 잠시나마 최악의 상황을 고려하고, 재고, 두려워한 게 화가 나는 것 같았다. 본인에게 혹은 뻔뻔한 세라에게.

세라의 주변으로 돌풍이 들이닥쳤다. 몸이 이리저리 흔들렸다. 야보도 마찬가지였기에 세라는 몇 번이고 야보와 몸을 부딪쳤다. 허공이라 서로를 붙잡을 수도 어딘가를 지탱할 수도 없었다. 힘없이 나부끼는 내내 세라는 종종 닿는 야보의 피부가 차가워지는 걸 느꼈다.

“저딴 건 그냥 죽여도 티도 안 나는데. 살려둘 이유가 있나? 순간이동이 어디에 있는지도 모른다며. 보나마나 순간이동도 무능력자겠네.”

흘라이가 시선을 거뒀다.

“죽여.”

그녀가 완전히 돌아서는 순간, 불구덩이에서 불이 솟구쳤다. 그건 두 번째 일어난 일이었다. 제일 먼저 일어난 건, 바람이 멎었다. 세라의 주변만. 야보와 멀어졌다. 이대로 죽는구나. 불길이 가까워졌다.

“안 돼!”

야보의 찢어지는 목소리가…….

염, 너는 불이 어는 소리를 들어본 적 있니?

바람이 불어 소화되는 것도 아니고 물을 맞아 전소되는 것도 아니고. 얼음 안에 갇혀버리는 광경을 본 적이 있니?

에취.

누군가가 기침했다.

세라는 죽지 않았다. 누군가가 빠르게 세라를 낚아챘다. 이 마을에서 가장 빠른 사람, 이속이었다. 기침한 것도 이속이었다. 세라를 받아낸 이속의 팔에는 닭살이

돋아 있었다.

“네가 왜?”

이속은 대답을 하는 대신 연이어 떨어지는 야보를 받아냈다.

“앗! 차가워!”

야보는 파들파들 떨고 있었다. 새하얀 눈동자, 새하얀 피부, 야보의 피부에 맺히는 서리, 야보의 주변으로 뻗어나가는 얼음. 얼음은 땅을 타고 퍼져나가더니 능력자들의 그림자를 집어삼켰다. 그림자를 타고 그림자의 주인까지. 능력자들의 발이 가장 먼저 얼어붙었다. 발이 묶여도 킹덤의 능력자들은 능력을 썼다. 하지만 야보에게 쏟아지는 모든 공격이 얼어버렸다.

하늘에 구름이 꼈다. 기온이 빠르게 떨어졌다. 흘라이가 구름을 날려 보내는 것보다 구름이 몰려오는 게 더 빨랐다. 끝내 흘라이의 시선이 야보에게 닿았다. 눈 한 번 깜빡이자 야보가 공중으로 들렸다. 세라가 야보의 팔을 움켜잡았지만 야보는 움직이지 않았다. 팔로 몸을 감싸 웅크린 자세 그대로였다. 야보에게서 나오는 모든 얼음은 야보를 보호하기 위해 생겨나는 것이었다. 야보의 의지는 아무것도 없었다. 자신을 잡은 게 세라건 능력자건. 세라는 제 손이 차갑게 식는 걸 느꼈다. 야보, 제발!

세라의 체온을 전해주고 싶었다. 손에 힘을 모아서, 붕어빵이나 만드는 데 쓰는 전류라도 모아서, 그렇게 손바닥의 체온이라도 올려서. 하지만 야보가 식어가는 속도가 더 빨랐다.

흘라이도 함께 얼어가고 있었다. 발부터 서서히 얼어 몸은 움직일 수 없게 되었지만 눈만큼은 남아 있었다. 흘라이의 눈짓에 바람이 들이닥쳤다. 야보의 한기를 머금은 바람은 지독하게 차가웠다. 그렇게 야보가 서서히 공중으로 떠오르던 때, 대장이 나타나 흘라이를 먼저 날려버렸다. 얼음 깨지는 소리가 났다.

"야보, 정신 차려. 제발, 야보. 제발. 어떡해."

세라가 정신없이 야보를 껴안았다. 너무 차가웠다. 어느 때보다도 차가웠다. 야보는 그냥 얼음이 되어버린 것 같았다. 겨울 그 자체가 되어버린 것 같았다. 코에서 나오는 바람도, 입을 타고 흘러내리는 침도 차갑다 못해 얼음의 결정을 가지고 있었다.

어떻게 하지, 어떻게……. 세라는 아무 생각도 나지 않았다. 어떻게 해야 할지 분간이 가지 않았다. 킹덤의 능력자들과 대치하던 모습은 온데간데없었다.

"정신 차려! 방법을 떠올려. 뭐라도!"

이속이 세라의 팔을 붙잡고 소리쳤다. 어디선가 전

투를 하고 오는 길인지 이속의 얼굴은 엉망이었다. 그 얼굴을 보는 순간 세라는 팥이 떠올랐다. 그리고 붕어빵이, 붕어빵을 먹고 머리에서 김이 솟구치던 야보의 모습이 생각났다.

"붕어빵을 만들어야 해."

"뭐? 너 미쳤냐?"

"팥이랑…… 밀가루랑…… 틀이랑……."

필요한 게 너무 많았다. 지금 만들어도 늦을 것 같았다.

"집에 하나 있어. 집에 가야 해."

세라가 허겁지겁 몸을 일으켰다.

"뭐가 필요한데. 집에 뭐가 있다는 거야."

"냉장고에, 붕어빵……."

"너 진짜 미친 거냐?"

이속이 잔뜩 짜증을 냈다.

"너야말로 무슨 상관인데!"

세라는 거칠게 이속의 팔을 쳐냈다. 이속은 당황한 듯 말을 잇지 못하고 고개를 돌려 대장을 바라봤다. 어느새 대장은 세라의 등 뒤에 서 있었다.

"이속, 가져와라."

대장의 한마디에 이속은 내키지 않아 하면서도 빠

르게 움직였다. 그리고 오래지 않아 붕어빵과 함께 돌아왔다. 붕어빵은 여태 따뜻했다.

세라는 야보의 입안으로 붕어빵을 짓이겨 밀어 넣었다. 억지로 씹게 하고 삼키게 만들었다. 김은커녕 야보의 체온은 돌아올 생각을 않았다. 세라는 계속해서 붕어빵을 야보에게 먹였다. 그렇게 머리부터 꼬리까지, 세라의 손에 묻은 부스러기까지 먹이자 야보는 겨우 눈을 떴다. 새하얀 눈동자가 세라를 찬찬히 훑었다.

"세라……. 괜찮아?"

눈을 뜨자마자 한다는 소리가 세라 걱정이라니, 세라는 야보를 부둥켜안았다. 그러나 야보의 몸이 완전히 녹지는 않았다. 붕어빵 하나로는 어떻게 할 수가 없었다. 오늘은 겨우 눈을 뜨게 했지만 이 다음에는? 붕어빵을 아주 많이 만든다고 해도 가망 없을지도 몰랐다. 산처럼 붕어빵을 쌓아 먹인다 해도 근본적인 문제는 영영 해결되지 않을 게 분명했다. 야보를 껴안은 세라의 팔에 힘이 들어갔다. 그렇다면 세라는 힘을 얻기 위해……. 하지만 야보를 두고 갈 수는 없었다. 이런 야보를 떠날 수 없는 노릇이었다. 모든 문제의 근원, 세라가 힘이 없어서였다.

"세라……. 염이 위험할 거야."

세라는 고개를 저었다.

"염은 강해."

"염한테 가."

세라는 화들짝 놀라 야보를 내려다보았다. 새하얀 입술이 천천히 움직였다.

야보라 한들 능력이 생겼을 때 기쁘지 않았을까. 야보라 한들 구원자가 될 날을 기다리지 않았을까. 야보라 한들 늘 지켜져야 하는 대상이 되어 마음이 편했을까. 야보에게도 두 사람을 지키고자 하는 마음이 있었다. 함께 살고자 하는 마음이 야보라 한들 적었을 리 없었다.

"내 방법은 너희를 붙잡는 거였어."

"알아……. 나도 알아."

"그러니 이제 염에게 가서…… 염을 지켜줘."

야보가 너무 차가웠다. 세라는 이러다 야보가 영영 차가워질까 두려워지기 시작했다.

"널 혼자 둘 순 없어."

야보는 천천히 고개를 저으며 세라의 등 뒤에 서 있는 대장과 이속을 바라보았다.

"야보는 내가 돌보겠다."

"대장이? 내가 대장을 어떻게 믿어."

"대장은 날 해치지 않아."

야보의 목소리에는 굳은 믿음이 있었다.

“그게 내 방식이었을 뿐이다.”

대장이 세라에게 차 키를 내밀며 말했다.

“그건 잘못된 방법이었어.”

대장은 대답하지 않았지만 그는 세라의 말을 받아들이고 있었다. 힘이 힘을 지배하는 세상에서 대장은 모든 걸 힘으로밖에 해결할 줄 모르는 사람일 뿐이었다.

“다녀와…….”

야보가 옅게 속삭였다. 세라는 대장이 쥐고 있던 차 키를 낚아챘다.

“염을 데려올게. 그리고 꼭 강해져서 너를 구할 방법을 찾아올게. 내가 이 세상을 되돌릴게.”

야보의 입꼬리가 힘겹게 올라갔다.

“세라, 힘은 사람을 바꿔. 변하지 마.”

보사의 눈

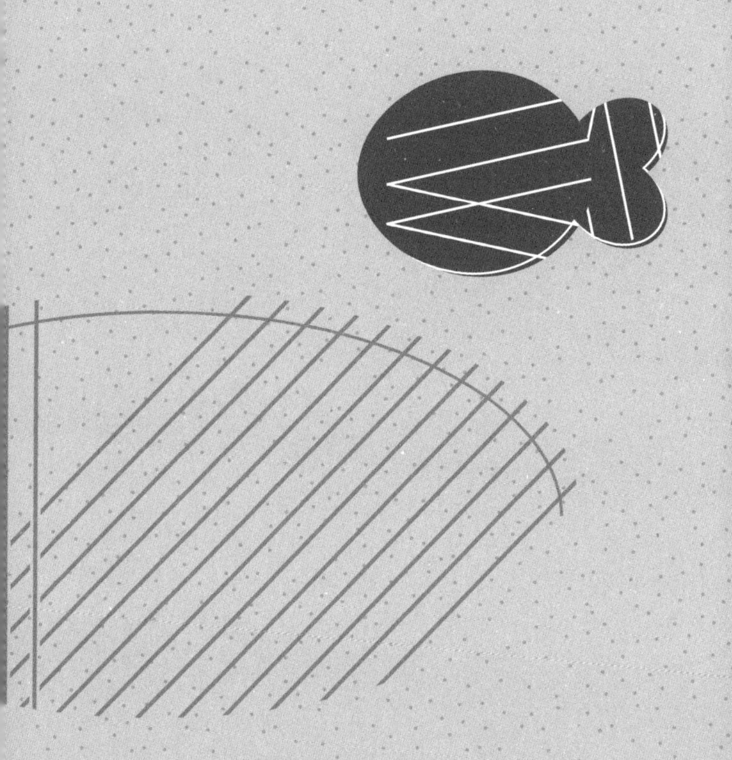

처음에는 쉬지 않고 차를 몰았다. 며칠을 달렸다. 배고픈 것도 잊고 쪽잠을 자며 달렸다. 대장은 북쪽으로 달리다 보면 저절로 킹덤으로 가는 길을 알게 될 거라고 일러주었다. 세라는 그게 얼마나 먼지도 모르고 내달렸다. 차는 태양 빛을 양분으로 삼아 계속 굴러갔지만 세라는 몰랐다. 이 열기에 그렇게 몰면 차가 퍼져버린다는 사실을.

운전을 알려준 사람은 대장이었다. 그마저도 운전석에 세라를 냅다 앉히고는 오른쪽부터 차례대로 A, B, 액셀, 브레이크다, 하고는 안전벨트도 매지 않고 앞을 향해 턱짓하는 게 전부였다. 핸들을 잡고 우물쭈물하고 있으니 대장은 한숨을 내쉬며 브레이크 밟아, 시동 걸어, 사이드 내려, 하곤 다시 앞을 쳐다보았다. 세라는 잔뜩 긴장한 채 액셀을 밟았고 그 후로 대장은 세라에게 운전을 맡기지 않았다. 그날 세라가 배운 건 액셀을 너무 세게 밟아서는 안 된다는 것 그리고 차 안은 바깥보다 쉽게 달구어진다는 것, 창문을 열고 달리면 무더운 바람이 분다는 것 정도였다. 야보가 발현병을 앓기 한참 전의 일이었다.

이미 바퀴는 마모되어 녹아버렸고 브레이크도 말을 잘 듣지 않았다. 어디선가 탄내가 따라다닌다 했더니, 보닛에서 연기가 피어올랐다. 그제야 세라는 무언가 잘못되었다는 걸, 멈춰야 할 때라는 걸 깨달았다. 차를 고치는 방법 따위는 당연히 몰랐다.

결국 세라는 사막 한가운데에 철퍼덕 앉아 아지랑이를 한참 바라보았다. 끝도 없었다. 하늘까지 온통 사막이었다. 어떡하지, 이제.

홀로 남아 바라본 사막은 아주 오래전 염과 야보를 처음 만나 함께 떠돌던 때와 달리 너무 무정해졌다. 그때는 멋모르고 발이 답답하다며 맨발로 땅을 디딘 염이 화상을 입어도, 모래를 덮고 자다가 모래 폭풍에 휩쓸려 죽을 뻔해도, 밤새 걷다가 한참 몸살을 앓아도, 길을 빙빙 도는 것 같아 세워둔 표시석을 언젠가 또 마주쳐도, 사막을 떠도는 내리 목숨이 위태하지 않은 날이 없었지만, 세 사람이 함께라는 사실만으로 사막이 두렵지 않았다.

하지만 지금은 서로가 세워주던 그늘 대신 먼저 생을 다해버린 자동차의 비좁은 그늘이 세라의 곁에 남았다. 시간이 지날수록 그림자는 저와 하나가 되자며 세라를 조금씩 집어삼켰다. 그러나 세라는 여기서 멈출 수 없었다. 사막을 횡단하다 죽는 한이 있더라도 한 걸음이라도 더 나아가야 했다. 여기서 멈추겠다는 건 야보와 염을 포기하는 것과 같았다. 그건 안 되지.

세라는 자리에서 일어나 엉덩이를 털었다. 모래가 우수수 떨어졌다. 무작정 북쪽을 향해 걷기 시작했다.

하지만 다시 출발하고 얼마 지나지 않아 또 다른 문제가 찾아왔다. 목이 말랐다. 북쪽으로 가는 길에는 언덕이 많았다. 쉽게 숨이 찼고 숨을 몰아쉬다 보니 금세 입안이 바싹 말라 텁텁해졌다. 이러다가 갈증으로 죽겠다 싶을 때, 세라의 눈앞에 한 표지판이 나타났다.

무료 급수대↗↗↗

표면이 거친 나무판자로 대충 만들어진 표지판이었다. 누가 장난이라도 친 것처럼 글씨는 대충 휘갈겨 쓰여 있었다. 이런 건 믿으면 안 됐다. 이런 시대에 물을 무료로 제공해주는 정신 나간 사람이 어디에 있을까. 지나쳐야 한다는 걸 알았지만, 세라의 몸은 머리의 결론을 무시하고 있었다. 세라와 대화라도 하듯 문구 하단에 이렇게 덧붙어 있었다.

진짜로 무료임!

세라가 세상을 살아가며 배운 교훈이 하나 있다면, 그건 바로 모든 것에는 대가가 따른다는 것이었다. 얻는 것이 클수록 더 큰 대가가 따랐다. 그러니 진짜로 무료라는 표지판 뒤에 보이지 않는 어마무시한 대가가 있을 게 분명했다. 그런데도 발길이 떨어지지 않았다. 그런 세라에게 쐐기를 박듯, 표지판 가장 아래에는 이렇게 적혀 있었다.

킹덤으로 가는 길 처음이자 마지막 급수대임
여길 지나면 죽어서 물을 마실 수 있음
당신이 물 능력자가 아니라면^^

세라는 화살표가 가리키는 쪽으로 고개를 들었다. 사막 위에 희미한 길이 나 있었다. 지면이 반질반질했다. 모래 입자가 더 작고 고왔다. 사람들이 수없이 지나가며 만든 길이자 킹덤으로 가는 길이었다.

그래. 이건 물을 마시러 가는 게 아니다. 그냥 킹덤으로 가는 것뿐이야. 그런 거야. 세라는 그렇게 되새기며 사람의 어깨를 두드리듯 표지판을 두 번 툭툭 두드리고 걸음을 옮겼다.

길은 능선 위로 곧게 뻗어 있었다. 오르막이 한참 이어졌다. 세라는 그저 모래로 가득한 바닥만 바라보며 언덕을 올랐다. 그리고 정상에 다다라 고개를 들었을 때…….

"안녕하세요?"

나무로 만든 가판대에 앉은 빨간 머리의 여자와 마주쳤다. 그녀는 상냥한 웃음을 지으며 세라에게 인사를 건넸다.

"물 드릴까요?"

그녀는 익숙하게 가판대 아래에서 물을 꺼냈다.

"웰컴 드링크."

맨몸으로 사막을 떠도는 사람을 마주하면 당황할 법도 한데 그런 기색은 보이지 않았다. 걱정도 경계도 없이, 여자는 시종일관 태연하게 눈웃음을 띤 채 물을 건넸다. 사막을 세로지어 횡단하는 사람이 세라 말고도 또 있는 걸까. 능숙한 여자의 태도는 세라 같은 부랑민이 많다는 착각을 불러일으킬 정도였다.

세라는 잠시 날 선 고양이처럼 경계했지만 물잔에 맺힌 물방울이 손등 위로 톡 떨어지자 참지 못하고 홀린 듯 물을 들이켰다.

"한 잔 더?"

세라는 고개를 끄덕이는 대신 여자가 건네는 잔을 곧장 받았다. 뭘 탔을지도 모르는데! 속 깊은 곳에서 시끄럽게 울려대는 경고음은 식도를 따라 내려오는 물에 씻겼다. 독을 먹고 죽으나 아무것도 마시지 않고 죽으나 어차피 죽는 결말이라면 먹는 쪽을 택하기로 결심했다.

여자가 가져온 물은 금세 동이 났다. 세라는 턱을 따라 흐르는 물방울까지 닦아 마셨다. 그제야 흐리멍텅했던 정신이 또렷해지는 것 같았다.

"그…… 잘 마셨어."

"뭘요. 킹덤으로 가시는 분들에게 드리는 서비스예요."

"그럼 난 이만 가볼게. 고마웠어."

다시 길을 나서려는데 다리에 힘이 들어가지 않았다. 걸음을 내딛자마자 세라는 풀썩 주저앉고 말았다. 세라가 여자를 홱 돌아보니 여자는 어깨를 으쓱이며 고개를 저었다.

"저는 물에 아무것도 안 탔어요. 진짜 그냥 물이에요. 보시겠어요?"

여자는 빈 물통을 입으로 가져다 대더니 남은 물방울을 털어 먹었다.

"봤죠? 그냥 다릿심이 풀린 거예요. 한참이나 걸어오셨잖아요."

세라는 씁쓸한 얼굴로 끝없이 펼쳐진 사막을 바라보았다. 어디서부터 왔는지 가늠조차 되지 않았다. 여자의 말대로 물은 그냥 물이었고 다리는 그저 힘이 다했을 뿐이었다. 차가 퍼져버린 것처럼, 세라의 다리도 이제는 쉴 때가 되었던 것이다.

"저희 마을에서 좀 쉬었다 가시는 게 어때요? 차도 없이 걸어가기에는 좀 멀거든요. 저랑 제 동생이 조만간 킹덤에 물건을 팔러 갈 건데, 필요하면 그때 태워드릴 수도 있고요. 어때요? 도와드릴게."

여자의 제안이 솔깃하게 다가오기는 했으나 조금의 표정 변화도 없는 눈웃음이 자꾸만 걸렸다. 아무런 대가가 없을 리 없었다. 가면 같은 얼굴이었다.

"도와주려는 건 고마워. 하지만 나는 해줄 수 있는 게 없어. 그리고 한시가 급해서 떠나야 해."

"딱히 뭐 해달라고 하는 건 아닌데. 그냥 우리가 가

는 길에 태워준다는 거예요. 뭐, 봉사? 그런 거? 그리고 걸어서 가면 못해도 한 달은 걸려요. 그것도 쉬지 않고 잠도 안 자고 걸었을 때 기준으로. 거기다 지금 우리 고객님, 아니 용사님. 물도 음식도 없죠? 킹덤으로 가는 용사님들이 가다가 죽으면 속상하잖아요. 물론 생존에 관한 어마무시한 능력이 있으면 모를까. 아! 물론 우리 용사님은 어마무시한 능력자겠죠. 킹덤으로 가는 길이니까! 또 그러니 도움도 없이 떠난다고 하는 거겠죠?"

여자는 쉬지 않고 종알종알 말을 늘어놓았다.

곤란했다. 여자의 말이 사실이라면 한 달은 너무 길었다. 그렇게까지 시간을 끌 수는 없었다. 염과 야보가 버텨줄 수 있을지도 확신할 수 없었다. 박제한 것같이 시종일관 웃고 있는 여자에게 믿을 구석이라고는 조금도 없었지만 급한 건 세라 쪽이었다.

"언제 가는데?"

"글쎄요. 음……. 뭐, 일주일 뒤?"

"그건 너무 늦어. 혹시 차를 빌릴 수는 없을까?"

"저희도 차가 있기는 하지만 한 대뿐이라서요. 그건 힘들 것 같아요. 그냥 저희 갈 때 가시는 게 어때요? 이러나저러나 그게 제일 빠른 길이에요."

"가는 데 얼마나 걸리는데?"

“열심히 가봐야 알겠죠? 대충 이삼 일?”

“그럼…… 좀 부탁할게.”

“좋아요! 그럼 저희 마을로 가실까요?”

여자는 자리에서 일어나 가판대를 발로 찼다. 가판대는 힘없이 부러져 볼품없는 판자가 되었다. 여자는 세라에게도 판자를 하나 건네곤 내리막을 향해 판자를 깔고 앉았다.

“이걸 타고 내려갈 거예요. 참, 그런데 우리 고객님은 어디서 오는 길이실까?”

여자는 출발하기 앞서 세라가 올라왔던 능선 너머를 되돌아보았다.

지대가 높아 사막이 한눈에 들어왔다. 줄곧 평평한 지대였다고 생각했던 곳 중 평탄한 곳은 한 데도 없었다. 능구 위로 해가 쏟아지자 사막 위로 윤슬이 맺힌 것처럼 보였다. 해를 넘긴 비탈에 진 그림자와 대비가 선연했다. 저 수많은 구릉을 세라가 넘어왔다. 고도도, 해를 받는 면적도, 그림자의 깊이도 제각각이었다. 지면에서 올라오는 아지랑이까지 더해지고 나니 세상이 일렁이는 것 같았다. 언뜻 보면 언젠가 책에서 보았던 바다 같기도 해서, 마을도 건물도 하나도 보이지 않는 망망대해를 건너온 것만 같아서 되돌아갈 수도 없을 만큼 멀리 나왔다는 게 실감이 났다. 세라는 대답 대신 판자를 깔고 앉았다. 근방에서 가장 높은 언덕이었다. 내리막은 가팔랐고, 이걸 다시 넘어가는 건 나중에, 세라가 더 강한 힘을 가지고 세상을 구한 다음의 일이었다. 그때라면 이 사막의 지대는 지금과도 달라질 테니. 어쩌면 그때는 더 이상 사막이 아닐지도 몰랐다.

여자는 세라의 결연한 눈빛을 읽었다.

"뭐, 그런 건 중요하지 않죠. 거기가 어디든 용사님이 떠나온 데는 이유가 있을 테죠. 사랑, 우정, 명예, 평화, 성공, 능력, 복수, 약속……. 우리가 찾으려는 건 다 킹덤에 있잖아요. 바깥에서는 모든 걸 빼앗기고 잃기만 하니까요. 아무것도 잃지 않은 사람이 있을까요. 아픔, 상처, 고통, 슬픔, 눈물. 이 모래에는 그런 단어들만 섞여 있어요. 흐르지도 흩날리지도 사라지지도 녹지도 않고 영영 이대로, 아주 거대하게 펼쳐져 있어요. 그리고 우린 여기서 살아가고 있고요. 이 모래를 뒤집어쓴 채로."

여자가 휘적이는 모래가 세라에게 튀었다. 세라는 몸에 묻은 모래를 털어냈다. 하지만 오래도록 몸에 쌓여 온 모래 먼지는 떨어지지 않았다. 세라는 금세 포기했다. 어차피 발이 모래에 파묻혀 있었다.

"근데 뭐, 나락도 락 아니겠어요? 어쨌든 우리는 살

아 있고, 살기 위해 해야 하는 일이 있으니. 그러니 킹덤으로 가야죠, 그렇죠? 저는 온가예요."

살기 위해 해야 하는 일은 야보와 염의 세상을 구하는 것이었으나, 살아남지 못하더라도 둘의 세상을 구해야 하니, 킹덤으로 가야지.

"나는 세라야."

온가와 세라는 판자를 타고 순식간에 비탈을 내려갔다. 이제 길은 없었다. 언덕을 내려온 뒤로도 온가는 계속해서 아래로 향했다. 한참을 더 내려가니 붉은 사암지대가 펼쳐졌다. 올곧게 깔려 있던 모래사막과 달리 이곳의 지반에는 규칙이 없었다. 지반 사이로 깊은 협곡이 나 있었다. 온가는 그곳으로 들어갔다.

협곡의 길은 두 사람이 겨우 어깨를 붙이고 걸을 수 있을 만치 좁고 구불구불했다. 온가는 아주 오래전 이곳에 거대한 강이 흘렀었다고 말해주었다. 비가 억수같이 쏟아지는 날이면 물이 땅 위로 범람해 사암 지대를 바다로 만들어버렸다고. 강이 흐르기 이전에는 하나의 바다였는데 땅이 움직이면서 협곡이 만들어졌다고. 협곡 사이사이로 물이 흐르고 비바람이 스치면서 이런 모양이 만들어졌다고. 아주 오래전의 일인데도 온가는 꼭 실제로 본 사람처럼 이야기했다.

협곡을 빠져나오니 퇴적층 구분이 선명한 돌산 하나가 모습을 드러냈다.

"여기만 넘어가면 돼요."

온가는 그렇게 말하곤 돌과 돌 사이를 겅중겅중 뛰어올랐다. 뒤처지지 않기 위해 세라도 거침없이 몸을 움직였다. 팔다리에 생채기가 가득해졌다.

그렇게 산을 오르니, 돌산 사이 파묻혀 있듯 숨겨진 마을이 모습을 드러냈다. 온가는 이곳을 자신들의 크사르라고 소개했다.

위에서 내려다보니 이곳은 돌산과 건물로 이루어진 일종의 요새 같았다. 규모는 크지 않았다. 집을 내주겠다는 온가를 따라가는 동안 크사르 대부분을 둘러볼 수 있을 정도로 작았다. 돌과 다진 진흙으로 지은 건물들은 모두 붉은빛을 띤 채 크사르의 중심인 광장을 바라보고 있었고, 그것들이 광장을 에워싸듯 겹겹이 세워진 모습은 방벽을 연상시키기도 했다.

세라는 온가를 따라 광장으로 들어섰다. 광장 한가운데 가문 구덩이가 하나 있었다. 땅이 말라 갈라진 흔적이 유난히 선명한 게, 그럴 리가 없는데도 마른지 얼마 되지 않은 것 같았다.

구덩이 근처와 광장 여기저기에는 그늘막이 쳐져

있었고 그 아래에는 마을 주민들이 앉아 쉬고 있었다. 그걸 보던 세라는 조금 놀랐다. 그늘에서 천천히 부채질하며 콧노래를 부르거나 그걸 들으며 선잠을 자는 주민 모두가 노인이었다. 젊은 사람이라곤 광장에 막 들어선 온가와 세라뿐이었다다.

"애, 온가!"

한 노인이 온가를 향해 해맑게 인사했다. 온가는 세라에게는 보여주지 않은 해맑은 표정을 하고 크게 손을 휘저었다. 노인들이 아이처럼 간드러지게 웃었다. 마주치는 사람마다 온가의 이름을 따뜻하게 불렀다. 이름을 부르는 목소리에 애정이 가득 담겨 있었다.

두 사람은 광장을 빠져나와 2층짜리 건물 앞에 섰다. 1층에는 '판매점'이라고 적힌 간판이 붙어 있었다. 무슨 판매점인지는 적혀 있지 않았다. 세라는 뚫린 창문 너머로 판매점을 들여다보았지만 내부는 불이 꺼져 있어 잘 보이지 않았다.

"별건 아니고요. 뭐, 이것저것 팔아요. 우리 세라 고객님은 2층으로."

온가는 판매점 옆에 난 계단을 따라 먼저 올라갔다. 그러다 판매점 앞에 멈춰 선 세라를 보고 입을 옴짝달싹 움직여대다가, 세라가 "그게 뭔데?"라며 묻자 기다렸다는 듯이 입을 열었다.

"우리 용사님한테만 말씀드릴게."

고객에, 용사에, 호칭은 제멋대로였다. 온가는 주변을 살피더니 작은 목소리로 속삭였다.

"혹시 들어보셨어요? 초능력 판매. 저희가 그쪽 일도 하거든요. 킹덤에 가는 것도 이거 때문이에요. 혹시 관심 있으신가요?"

"초능력을 사고파는 게 가능하다고?"

세라가 깜짝 놀라 되물으니 온가는 조용히 하라는 시늉을 했다.

"그럼요. 암암리에만 진행하는 거죠. 사실 우리 용사님처럼 킹덤에 갈 정도의 능력이 있는 분들이라면 제법 짭짤하게 구매해드리기도 한답니다? 어차피 킹덤에 가는 이유는 다 잘 먹고 잘살기 위해서잖아요. 그게 아니라면……."

온가는 잠시 뜸을 들였다.

"혁명을 일으키고 싶다거나?"

세라는 움찔했다. 온가는 그 틈을 놓치지 않았다.

"그런 분들을 위해서 초능력을 팔고 있기도 하죠."

싸진 않지만. 온가는 그렇게 덧붙이며 다시 계단을 올랐다.

"그게 어떻게 가능해?"

"그게 제 능력이거든요."

"그럼 능력을 바꿀 수도 있어?"

순식간에 온가의 얼굴이 세라 코앞으로 불쑥 다가왔다. 새빨간 눈동자가 세라의 눈동자를 뚫어져라 쳐다보았다.

"왜? 고객님은 킹덤에 대항할, 아니 킹덤으로 갈 만큼 멋진 능력을 갖고 있지 않나요?"

세라는 대답하지 않았다.

"능력을 바꾸는 건 안 되고 강하게 만들어주는 거랄까요? 고객님 계열의 더 강한 능력을 줄 수는 있거든요. 계열은 안 바뀌니까요. 예를 들면, 그래, 요즘 순간이동, 그게 말이 많다죠? 더 좋은 순간이동 능력으로 업그레이드시켜준다고 생각하시면 돼요. 자, 여기가 저희 집이에요."

온가는 신발을 신고 들어와도 된다며 먼저 집 안으로 들어갔다. 하지만 세라는 그 자리에 굳어버렸다. 요즘 말이 많은 순간이동. 염을 말하는 것만 같았다.

"혹시 염을 알아?"

"염?"

"응. 좀 짙은 파란 눈동자에, 키는 나보다 조금 더

커. 아마 처음 만났을 때는 몸이 안 좋았을 거야. 걔도 능력이 강해졌는데, 어 그리고…….”

말을 하는 내내 세라는 온몸이 두근거렸다. 어쩌면 염이 이곳을 지나갔을지도 모른다는 생각이 들었다. 온가가 염의 능력 증폭에 관해 무언가 알고 있을지도 모른다고. 그게 아니더라도 그냥 염이 지금 어떤 상황인지 알고 있을지도 모른다고.

하지만 온가는 심드렁한 표정으로 세라의 이야기를 듣는 둥 마는 둥 했다.

“아뇨, 모르는데요.”

무뚝뚝한 대답이 돌아왔다. 낯선 음색에 세라가 끔뻑끔뻑 쳐다보니 온가는 그제야 아차 싶었는지 다시 표정을 갈아 끼웠다.

“그런 고객은 기억에 없어요. 능력을 강화시켜주는 능력자? 저희 말고 또 있다는 얘기도 들어본 적 없고요.”

“아…… 그렇구나. 그럼 신경 쓰지 마.”

세라는 온가를 따라 집 안으로 들어갔다.

온가는 세라를 방으로 안내했다. 크지 않은 방에는 침대 세 개가 창을 향해 나란히 놓여 있었다.

“아무 데나 누워서 쉬시면 돼요. 뭐, 더 물어보고 싶은 거나 필요하신 거 있으세요?"

"아니, 일단 쉬고 싶어."

"알겠어요. 초능력 판매에 관심이 있다면 내려오세요. 저는 밑에 있을 테니까."

온가가 나간 뒤 세라는 쓰러지다시피 침대에 누웠다. 먹은 건 물뿐이었는데 체기가 느껴졌다. 마지막으로 체한 게 언제였더라. 기억도 잘 나지 않았다. 세라보다는 염이 자주 체했다. 순간이동 때문이었다. 신체 속도, 그러니까 소화 속도가 염의 순간이동 속도와 맞지 않은 탓이었다. 물론 세라와 야보의 일방적인 주장이긴 했다. 염은 그럴 리가 없다고 주장했는데, 한번은 밥을 먹는 도중 순간이동을 시전했고 그러자마자 급체해버렸다. 어느 때보다 심했기에 이후 염에게는 순간이동을 하기 전에 충분히 소화시키는 버릇이 생겼다. 그 뒤로 세라와 야보는 염의 체기를 순간이동과 엮어 말한 적이 없었다. 그런 순간이동이 왜 말이 많을까. 이제 염은 순간이동을 해도 체하지 않는데. 그 이유를 알지 못해서 답답했다. 세라는 눈을 감았다. 지금 세라가 할 수 있는 건 하나뿐이었다. 기도. 제발 살아 있어야 해. 그러니까, 순간이동이 말이 많은 이유는 염이 계속 무사히 살아 있기 때문이어야 했다.

세라는 이틀 동안 잠만 잤다. 잠깐 일어나면 침대 옆 협탁에 단출하지만 음식과 물이 올려져 있었다. 한번은 잠시 깼을 때 온가를 마주쳤다. 빈 그릇을 치우러 온 모양이었다. 세라는 잠결에 온가에게 왜 이리 잘해주느냐 물었다. 온가는 "능력자시잖아요"라고 대답할 뿐이었다. 이래놓고 숙박비와 식비를 받지 않을까 걱정했더니 온가가 어깨를 으쓱이며 대답했다.

"뭣하면 능력을 파는 것도 방법이죠?"

장난스럽게 웃으며 눈동자를 콕콕 찌르는 모습에 세라는 기겁했다. 잠결이라 표정이 우스웠을 것이다. 온가는 그런 세라의 얼굴을 보고 한참 웃었다.

"아하하, 눈을 빼기라도 하겠냐고요. 농담이에요. 언젠가 고객님이 저희를 도와줄 때가 올 거예요. 그때, 그때 딱 한 번만 도와주면 돼요."

"그게 뭔데?"

"뭐든 손해는 보지 않을 거예요. 고객님과 저희의 목표는 크게 다르지 않을 테니."

그리고 크사르에 머문 지 삼 일째 되던 날 밤, 세라는 열대야에 잠에서 깼다. 두꺼운 모래벽 덕분에 더위가 덜하기는 해도 덥지 않은 건 아니었다. 세라는 대자로 누워 천장을 올려다보았다. 야보와 살 땐 야보를 껴안고 잤다. 체온이 낮은 야보는 간혹 밤이면 조금 더 시원해지곤 했다.

결국 세라는 더위를 이겨내지 못하고 방을 빠져나왔다. 집주인은 보이지 않았다.

거실은 낯설었다. 대부분 시간을 방에서 보낸 터라 집을 제대로 둘러보는 건 처음이었다.

거실에서 제일 먼저 눈에 들어온 건 벽 하나를 가득 채운 사진들과 서랍장 위에 올려진 액자들이었다. 웃기도 울기도 화를 내기도 무뚝뚝하기도 한 사진 속 온가의 옆에는 온가와 똑같이 생긴 남자가 항상 붙어 있었다. 어린 온가의 사진부터 비교적 최근으로 보이는 사진까지, 남자가 빠진 사진이 없었다. 남동생이라기에는 지나치게 똑같이 생긴 데다 갓난아기 때부터 함께인 걸 보니 쌍둥이인 모양이었다. 세라는 액자를 유심히 바라보았다. 두 사람은 줄곧 함께였는데, 대충 대여섯 살쯤 되어 보이는 사진 속 두 사람은 구분할 수 없을 정도로 똑 닮아서 목에 명찰을 달고 있기도 했다. 한쪽은 온가, 한쪽은 드오였다.

두 사람의 일평생을 담고 있는 몇몇 사진에는 두 사람 말고 백발의 할머니도 있었다. 할머니를 포함해 세 사람은 매년 이 집을 배경으로 단란한 가족사진을 찍어

온 듯했다. 하지만 할머니는 온가와 드오의 성장 속도가 더뎌지기 시작했을 무렵부터 사진 속에서 모습을 감춰 버렸다.

세라는 다시 방으로 돌아왔다. 나란히 붙은 세 개의 침대 위에서 나란히 잠들었을 세 사람이 그려졌다. 창밖을 바라보며 어쩌면 할머니는 어린 두 아이들에게 사막의 이야기를 그리고 오래된 이야기를 들려주었을지도 모르겠고, 그러면 두 아이는 이야기를 자장가 삼아 잠들었을지도 모르겠다. 한 지붕 아래에서 세 사람의 시간은 아주 오랫동안 얽히고설키며 공유되었을 것이다. 세라는 텅 빈 집을 둘러보았다. 비었어도 비지 않는 게 집이었다. 사람이 떠나도 기억은 집에서 영원히 살아갔다.

세라에게 집의 의미는 컸다. 그건 가장 가까운 구성원이 된다는 것 이상으로, 어떠한 벽에도 막히지 않고 서로의 기억과 영혼이 서로 얽힌다는 걸 의미했다. 그러니 언젠가 흩어지더라도 우리는 영원히 연결되어 있다고. 함께라고. 그러니 떠나더라도 언제든 기억이 부유하는 공간으로 돌아와 실체가 되어주자고. 한때는 집에 기억이 묻어 있으니 그걸로 되었다고 생각했다. 하지만 염이 떠난 뒤 형체가 없는 기억은 사람을 외롭게 만들었다. 그래서 세라는 계속해서 염을 기다렸고 건강한 야보를 기다렸다. 우리가 알던 우리의 모습으로 다시 만나기를. 하지만 이제는 너무 많은 것이 틀어지고 말았다.

지금쯤 야보는 무슨 생각을 하고 있을까. 세라를 기다리고 있을까. 그보다도 살아는 있을까. 염도 살아 있을까. 정말 대장은 야보를 지켜주고 있을까. 무엇도 가늠이 되지 않았다. 한번 시작된 불안과 의심은 끝도 없이 번졌다. 홀로 보내는 새벽이라 그럴지도 몰랐다.

세라는 꼬리를 무는 생각을 잘라내기로 했다. 마음이 무너져서는 안 됐다. 지금의 혼란한 사태를 잠재우고 강해진 세라가 야보와 세상을 구원해내면, 그때 세 사람은 다시 예전처럼 한집에서 평온히 잠들 수 있을 거였다. 모든 것을 제자리로 되돌리기 위해서는 정신을 단단하게 붙들고 있어야 했다.

그래, 그러면 돼.

점점 눈이 감겼다. 졸음이 밀려오기 시작했다. 어디선가 바람이 부는지 바람 소리도 들렸다. 세라는 그 소리를 자장가 삼아 눈을 감았다. 시이이익, 시이이익, 바닥을 끄는 것도 같은……. 바람 소리가?

세라는 번뜩 눈을 떴다. 바람이라고 부를 법한 공기의 흐름이 느껴지지는 않았다. 애초에 바람이 불 리도 없었다. 그런데 창밖에서는 정체불명의 바람 소리가, 바람 소리를 닮은 소음이 들려왔다. 세라는 창밖을 내다보았다. 크사르는 미동도 없었다. 달빛에 집들의 그림자가 길게 맺혀 거리가 잘 보이지 않았다. 소리는 어둠을 뚫고 계속해서 이어졌다. 정확히는 바닥을 스치는 소리였다. 팔이 든 자루를 바닥에 질질 끌던 소리와 비슷했다. 세라는 밖을 한참 내다보았다. 소리가 점점 가까워졌다.

머지않아 집 앞으로, 그림자가 맺히지 않고 달빛이 환히 밝히고 있는 거리 위로 두 명의 사람이 거대한 포대 자루를 끌며 나타났다. 붉은 머리카락을 지닌 두 사람. 온가와 사진 속에서 본 남자, 드오였다. 두 사람은 제 몸만 한 자루를 건물로 가져오고 있었다.

세라는 자루 안에 판매점에 필요한 물건이 담겨 있겠거니 생각했다. 새벽에 물건을 옮기는 이유가 궁금하기는 했지만 그들만의 사정이 있겠거니 짐작했다. 하지만 그건 오래가지 못했다. 어깨에 자루를 걸치고 있던 드오가 잠시 멈춰 서더니 자루를 내려놨다.

"이거 왜 이렇게 무겁냐."

"야, 다시 들어. 깨면 어떡하려고 그래."

두 사람의 대화에 세라는 몸이 바짝 굳었다. 설마 사람이겠어, 짐승이겠지. 세라는 최대한 좋게 생각하려고 노력했다. 하지만 온가가 드오의 손에 자루를 쥐여주고 드오가 짜증스럽게 다시 끌기 시작하는 과정에서 포대에서 신발이 떨어져 나왔다. 온가는 신발을 주워 자루 안으로 쑤셔 넣었다.

그러고서 두 사람은 자루를 건물 안으로 가지고 들어왔다.

올라오나?

현관문에 귀를 대보았으나 계단을 오르는 소리는 들리지 않았다. 소리는 1층에 머물렀다. 아무래도 판매점 안에서 무슨 일이 일어나고 있는 것 같았다.

세라는 최대한 조용히 문을 열고 계단을 내려갔다. 판매점 문은 열려 있었고 문 앞에 달빛을 머금은 모래가 흩어져 있었다. 이곳의 모래와는 달리 입자가 훨씬 고왔다. 그러니 온가와 드오 그리고 포대 자루가 남긴 흔적인 게 분명했다. 세라는 흔적을 따라 판매점으로 들어갔다. 판매점은 물건이 듬성듬성할 뿐, 평범한 판매점이었다. 한편에는 수저가 진열되어 있었고 한편에는 신발이, 한편에는 옷가지가 또 한편에는 칫솔이 있었다. 주로 생필품을 취급하는 듯했다. 모래는 그것들을 지나쳐 판매점을 가로지르다가 판매점 내부의 또 다른 문 너머로 이어졌다.

조심스레 문을 여니 아래로 내려가는 계단이 나왔

다. 공간의 공기가 묵직했다. 처음에는 착각인 줄로만 알았다. 굳게 닫혀 있던 문이 열리면서 지하의 후덥지근한 공기가 터져 나오는 것뿐이라고 생각했다. 하지만 한 걸음 한 걸음 내려갈수록 느껴지는 기운이 심상치 않았다. 공기가 무거운 것도 같았다. 지하라서가 아니다. 이건 발현병을 앓은 야보의 주변을 떠돌던 한기를 닮기도 했고 집으로 쳐들어와 온몸을 짓누르던 대장의 중압감을 닮기도, 갑자기 나타나 다른 사람이 된 것만 같던 염에게서 느껴진 위화감을 닮기도 했다. 강한 능력 주변에는 위압감이 스민다고 했던가. 구원자가 나타날 때 공기의 흐름이, 세상의 기운이 달라지는 건 그런 원리라고 했다. 긴장이 됐다. 마침내 지하의 숨겨진 공간에 다다랐을 때, 세라는 그대로 굳어버렸다. 흐릿한 조도 속에서 알 수 없는 것들이 빛을 반사하며 저마다 반짝이고 있었다. 모두 구슬이었다.

방 한가득, 벽마다 빛을 머금은 구슬이 진열되어 있었다. 그것들은 각기 다른 색으로 빛났다. 구슬 안에 담긴 있는 빛은 살아 있는 것처럼 움직였다. 어느 것은 힘차게 요동쳤고 어느 것은 고요하게 흘렀다. 평범한 구슬은 아니었다.

두 사람의 흔적은 구석에 위치한 또 다른 방으로 이

어졌다. 살짝 열린 문 너머로 온가와 드오가 보였다.

비좁은 방 한가운데 낡은 탁구대가 놓여 있었고, 그 위에 웬 중년 사내가 정신을 잃은 채 누워 있었다. 신발은 한 짝만 신은 채였다. 바닥에는 포대 자루와 나머지 신발 한 짝이 널브러져 있었다.

중년 사내 옆으로 드오가 다가갔다. 드오가 중년 사내의 배에 손을 올리자 얼마 지나지 않아 사내의 배에서 무언가가 스멀스멀 피어오르기 시작했다. 초록빛 연기였다. 연기는 계속해서 피어올랐다. 그러다 드오는 배에서 무언가를 잡아채듯 주먹으로 움켜쥐더니 허공으로 끌어당겼다. 초록빛 연기가 드오의 손을 따라 사내의 몸으로부터 딸려 나왔다. 드오는 주먹밥을 뭉치듯 그 연기를 꾹꾹 눌러 모았다.

"어때?"

그 모습을 지켜보고 있던 온가가 드오에게 말을 걸었다.

"많은 편이야. 이 정도면 쓸 만하겠어."

드오는 계속해서 연기를 끌어내고 뭉치기를 반복했다. 마치 반죽을 잡아당겨 동그랗게 뭉치는 것 같기도 했다.

"뭔데?"

"무게 조절. 일반 사물이나 사람 정도는 가능한 거 같고. 건물급은 무리? 제 몸만 한 것 정도까지 가능하겠다."

"건물이 되는 사람도 있어?"

"킹덤에는 있겠지."

한참 드오의 손에서 굴려지던 연기는 곧 하나의 구슬이 되었다. 지하실에 진열 되어 있는 것들처럼 구슬 안에서 초록색 연기가 빙빙 맴돌았다.

그제야 세라는 저 구슬들이 모두 능력이라는 걸 알아챘다. 1층에 있는 판매점은 위장이었다. 초능력을 사고판다더니. 이곳이 진짜 판매점이었다. 초능력 판매점.

"다 된 거지? 돌려놓고 와."

"그래야지."

둘은 태연하게 대화를 주고받았다. 한두 번 해본 솜씨가 아니었다. 지하실에 진열된 구슬들만 봐도 그랬다.

위험했다. 한눈에 봐도 이건 합법적인 행태가 아니었다. 암암리에 진행된다는 말이 이런 의미라고는 세라는 상상도 하지 못했다. 그저 아는 사람끼리 하는 거래라고만 생각했다. 이런 납치와 갈취라고는 조금도 예상하지 못했던 것이다.

드오는 여전히 정신을 차리지 못하는 중년 남성을

포대 자루에 집어넣으며 물었다.

"참, 걔는 어때?"

"얌전해. 근데 잘 모르겠어. 물어보면 도망갈 거 같아서 능력이 뭔지 물어보지도 못했어. 진짜 잘해주고 있는데, 짜증 나게. 계속해서 날을 세워."

"까다롭네."

"네가 한번 확인해봐. 능력이 뭔지. 지금쯤 아마 자고 있을 거야. 여기 온 뒤로 잠만 자거든. 아니면 밥만 먹거나."

"그래. 근데 온가, 걔가 진짜 구원자면 내가 알 수 없는 거 알지? 내 능력 밖의 영역이야."

"알아, 그거라도 알아보자는 거야. 보사가 말한 대로 진짜 구원자인지."

구원자라니, 나 말이야?

예상치 못한 단어의 등장에 세라는 혼란스러워졌다. 세라는 바짝 귀를 기울였다.

"아니라고 생각해?"

"아니, 맞아야지. 보사가 말했으니까. 그래야지."

"맞아, 그래야만 하지."

드오는 고개를 끄덕이며 포대 자루를 단단히 묶었다. 떨어진 신발을 뒤늦게 발견하고 귀찮다는 듯 한숨을 내쉬었다.

드오가 다시 포대 자루를 풀고 신발을 집어넣고 다시 묶는 동안 세라는 열심히 머리를 굴렸다. 어쩐지 온가가 세라를 용사님이라 부르더라니, 세라에게 능력을 팔라는 이야기를 은근슬쩍 던진다 싶더라니. 처음부터 두 사람은 세라를 구원자로 여긴 모양이었다. 그제야 세라는 겸연쩍었던 일이 납득되기 시작했다. 끝없는 친절을 베풀던 온가의 행동은 단순 고객 유치를 위해서가 아니었다. 저들의 말에 따르면 세라가 구원자이기 때문이었다. 어떤 연유인지는 몰라도 두 사람은 구원자를 기다리고 있었던 것 같았다.

더불어 방금 본 상황과 들은 대화로 추측해보면 드오에게는 상대방의 능력을 파악하고 빼앗을 수 있는 능력이 있는 듯했다. 모든 걸 조합해보면…… 구원자의 능력을 뺏으려고 하는구나! 세라는 문에서 한 걸음 물러났다. 지금 세라가 이곳에서 나름의 호의호식을 누릴 수 있는 건 구원자라는 감투를 쓰고 있기 때문이었다. 그런데 진짜 능력이 들통나기라도 한다면……. 세라는 포대 자루 안이 얼마나 더울지 짐작도 가지 않았다.

두 사람은 세라가 도망치기 전에 이미 정리를 끝내고 방을 나서려 했다. 세라는 주변을 둘러보다 지하실가운데 놓인 테이블을 발견했다. 식탁보가 바닥까지 길게 늘어진 테이블이었다. 세라는 재빨리 그 아래로 몸을 숨겼다. 동시에 두 사람이 밖으로 나왔다. 세라는 숨죽인 채 발소리가 지나가기만을 기다렸다.

"지금 확인하고 올까? 자고 있댔지?"

"아마도?"

"그래?"

드오의 목소리가 머리 위에서 들려왔다.

"아닌데."

쾅, 소리와 함께 세라를 숨겨주고 있던 테이블이 멀찍이 날아갔다. 고개를 드니 어둠 속에서 두 개의 붉은 눈동자가 세라를 내려다보고 있었다.

"능력이 훔쳐 듣기, 그런 건가?"

드오가 비꼬듯이 웃었다. 가까이에서 보니 올라간 입꼬리까지도 온가를 빼닮았다. 입술 두께도 똑같을 것 같았다. 드오는 테이블과 함께 내팽개쳐진 의자를 가지고 와 세라 앞에 앉았다.

"우리, 얘기 좀 해볼까?"

드오는 옆에 넘어져 있는 또 다른 의자를 발로 일으켜 세워 세라를 향해 대충 던지고는 앉으라는 듯 턱짓을 했다. 거침없는 행동과 달리 그는 세라가 앉을 때까지 말을 잇지 않았다. 친절히 기다려주는 것 같으면서도 세라의 행동을 하나하나 훑어보는 눈초리가 매서웠다.

"대충 얘기는 다 들은 거 같은데. 본 것도 같고. 당신, 능력이 뭐야? 능력자는 확실하겠고. 그런데 처음 보는 색이야. 진짜 궁금해서. 너도 봤겠지만, 괜히 힘쓰게 만들지 말고 말해. 무슨 능력이야?"

얼굴을 코앞까지 들이밀고 눈동자를 들여다보는 드오의 빨간 눈동자에 세라는 파훼당하는 기분이었다.

"그래, 세라. 물론 아까 그 장면을 봤으면 말하기 어렵겠지. 어려운 거 알아. 하지만 세라, 우리는 알고 있어. 네가 살고 있던 군락에서 구원자로 의심되는 발현이 두 번이나 있었다지. 한 명은 처단당했다고 했고 한 번은 최근이라던데."

온가가 말을 덧붙였다. 직전의 단호했던 목소리와는 달리 어딘가 어르고 달래는 듯한 뉘앙스가 곁들었다.

"그리고 힘을 가진 자가 이리로 오고 있다고 했지. 킹덤으로 가고 있다고. 그러니……."

온가는 한참 뜸을 들였다. 입을 옴짝달싹하며 쉽사리 다음 말을 뱉지 못했다. 그렇게 얼마를 기다렸을까, 온가의 목소리가 조금 떨렸다.

"너는 구원자야."

세라는 여전히 대답할 수 없었다. 두려워서가 아니었다. 세라를 보고 있는 온가와 드오의 눈빛이 너무도 익숙했다.

"그렇다고 말해."

발현병을 앓던 내내 세라는 깨어날 때마다 거울을 들여다보았다. 거울 속 세라는 거울 바깥의 세라가 구원자가 되기를 바라고 있었다. 아주 간절하고 간곡하게. 오랫동안 기다려왔던 구원자가 드디어 눈앞에 나타나기를. 이 세상을 뒤집을 힘을 가진 사람이 나타나 세상을, 나를 구원해주기를 바라며.

두 사람의 눈은 그때, 오랫동안 구원자를 기다려온 세라의 눈빛을 닮았다.

바깥에서는 모든 걸 빼앗기고 잃기만 한다던 온가. 아픔, 상처, 고통, 슬픔, 눈물, 그런 단어들이 뒤섞인 모래에서 산다는 온가. 그것들이 흐르지도 흩날리지도 사라지지도 않고 영영 이대로, 아주 거대하게 펼쳐져 있다던 온가. 이곳에서 구원자를 기다려왔을 마음을 세라가 모를 리 없었다. 우리는 모두 이 사막에 잡아먹히며 살아가고 있었다. 각자 저마다의 사정을 품에 안고 개미지옥에 발이 묶여 벗어나지도 못하고 있었다. 그러니 지금이 바로 구원자가 나타난 때이기를, 눈앞의 세라가 구원자이기를. 간절하고, 또 간곡하게 바랐다. 세상을, 우리를 구원해주기를 바라며.

하지만 세라는 구원자가 아니라 그들의 희망을 꺾으러 온 붕어빵이었다. 더 늦기 전에 사실대로 말해줘야 했다. 오래 기다릴수록, 헛된 희망이 길어질수록 실망은 컸다. 세상으로부터 다시 버려지는 아픔이 얼마나 큰지 누구보다도 세라가 잘 알았다. 세라는 숨을 크게 들이켰다. 어디선가 팥내가 물씬 풍기는 것 같았다.

"내 능력은…… 붕어빵을 맛있게 만드는 거야."

"뭐?"

세라는 고개를 푹 숙였다. 얼굴이 화끈거렸다. 막상 입 밖으로 내뱉으니 너무 부끄러웠다. 이런 상황에서 '붕어빵 맛있게 만들기'라는 말은 어울리지도 않았다. 차라리 아주아주 맛있게 만든다는 말이라도 덧붙일 걸 그랬나. 자꾸만 헛웃음이 터졌다. 빠르게 퍼지는 소문 가운데 세라가 붕어빵 능력자라는 사실만큼은 군락에만 머물렀다. 아니면 아주 무겁고 느려서 아직 오고 있으려나. 입소문을 이렇게나 타지 못해서야, 붕어빵 장사는 못 할 것 같다는 생각마저 들어 또 헛웃음이 나왔다. 맛은 좋지만 소문을 탈 가치도 없을 만큼 볼품없는 능력이라고 스스로에게 소문내는 꼴이었다.

"지금 장난쳐? 웃음이 나오니?"

온가가 세라의 어깨를 강하게 움켜잡았다. 벽면에 진열된 구슬들이 서로 부딪치며 소리를 냈다. 금방이라도 세상으로 뛰쳐나올 것처럼 구슬 안에 담긴 능력들이 요동치기 시작했다. 그러다 작은 구슬 하나가 파동을 견디지 못하고 떨어졌다. 능력을 감싸고 있던 막이 비눗방울처럼 순식간에 사라지자 동그랗게 뭉쳐 있던 주황빛 연기가 바닥에 얕게 깔렸다.

"붕어빵? 농담하지 마. 그러니까 보사가 붕어빵을 구원자라고 말한 거야?"

금방이라도 울 것 같은 얼굴로 온가는 드오를 돌아보았다. 드오도 멍하니 세라를 쳐다보다가 천천히 다가왔다.

세라의 배 위로 드오의 손이 닿았다. 미약한 진동이 온몸에 느껴졌다. 떨림이 점점 심해졌다. 드오는 눈을 꾹 감았다. 속눈썹이 젖어들었다.

"씨발……. 무슨 붕어빵 맛있게 만들기래……."

드오가 허탈하게 웃었다. 그걸 지켜보던 온가도 실소를 터뜨렸고, 그냥 하염없이 웃고 있는 두 사람을 보며 세라도 웃었다. 그중에 기뻐서 웃는 사람은 아무도 없었다.

"너도 진짜 불쌍하네."

온가인지 드오인지, 누군가 그렇게 말했다. 말하지 않아도 대략은 알 수 있을 것이다. 왜 세라가 고작 붕어빵 만들기 능력을 가지고 맨몸으로 사막을 건너 킹덤으로 가고 있었는지. 겁도 없이 온가를 따라와 마을에 묵고 있었는지. 어떤 희망을 부여잡고 있는지. 온가와 드오도, 이 세계의 수많은 무능력자나 비능력자와도 별반 다르지 않은 삶을 살았을 테니. 수많은 무능력자와 비능력자가 가진 꿈과 이상향은 수없이 짓밟히고 꺾여왔을 테니.

"그러게."

세라가 허탈하게 대답했다.

"야, 너는 그딴 능력으로 무슨 킹덤을 간다는 거야? 너 그대로 가면 죽어. 지금 킹덤은 개판이야. 어디선가 순간이동 능력자가 나타났다는데, 그 능력이 어마무시하다지. 그런 이동은 처음이래. 최초의 순간이동 능력자 수준이라던데. 아무도 걔를 못 잡아."

한참을 웃은 뒤, 쌍둥이들은 웃음을 걷고 말했다.

"그나마 다행인 건 그 순간이동이 킹덤에서나 반란가지, 우리 같은 사람들 사이에서는 혁명가나 다름없다는 거야. 너 같은 붕어빵을 해치진 않을 건데, 그래도 혹시 모르지. 조심해야 돼.”

반란가, 혁명가. 겉으로 듣기에는 제법 그럴싸하고 멋들어진 칭호였다. 그 순간이동자가 염이 아니라면, 세라도 그를 구원자로 생각하며 혁명가라고 입에 침이 마르도록 떠들었을 것이다. 하지만 부정하려 해도 그건 너무 염의 이야기였다. 살아 있다는 말이기도 했다. 분명 반가울 소식인데 세라는 숨이 턱 막혀왔다. 염과 어울리지 않는 수식어들이었다. 그만큼 염이 위험한 가운데 있다는 뜻이었고 얼마나 다쳤을지도, 무리하고 있을지도 모른다는 말이었다. 모든 행보의 이유가 세라와 야보를 위해서라는 사실이, 그 이전에 세라가 구원자가 되지 못했기 때문이라는 사실이 그리고 세라가 힘없는 무능력자이기 때문이라는 사실이 세라를 여전히 괴롭혔다.

“나는 걔를 만나러 가는 거야.”

“그 순간이동을? 왜?”

온가는 잠시 생각에 잠긴 듯 턱을 괴더니 무언가 깨달았다는 듯 다시 물었다.

“혹시 걔가 저번에 말한 염이라는 사람인가?”

“맞아. 걔는……. 염은 내 친구거든.”

온가와 드오는 제법 놀란 듯했다. 하지만 이내 침착한 목소리로, 한편은 핀잔을 주듯 캐물었다.

"걔를 만나서 뭘 어떻게 할 건데?"

"세상을 구할 거야."

"네가?"

"그래."

세라는 온가와 드오를 똑똑히 바라보고 말했다. 비웃음당할 각오는 되어 있었다.

"왜?"

"다른 친구가 많이 아파. 걔를 구하려면 세상을 원래대로 되돌리는 수밖에 없어."

비아냥거리는 표정으로 한 소리를 덧붙이려던 드오는 세라의 대답에 입을 다물었다. 한참 생각에 잠겨 있던 온가와 드오는 서로를 쳐다보았다. 그러더니 말하지 않고서도 생각을 주고받는 능력이 있기라도 한 건지 이내 고개를 끄덕였다.

"좋아. 널 도와주겠어. 킹덤까지 걸어가는 데 한 달이 걸린다는 건 진짜야. 조만간 킹덤에 갈 일이 있다는 것도 진짜고. 우리는 종종 킹덤에 능력을 팔러 가. 그때 널 킹덤으로 데려갈게."

"그게 언젠데? 나는 한시가 급해. 그사이 염과 야보한테 무슨 일이라도 생기면……."

"보채지 마. 시간이 없는 건 우리도 마찬가지니까.

일주일. 무조건 일주일 뒤에 출발할 거야."

"무조건이야."

"대신, 조건이 있어. 그때도 말했지만, 딱 한 번만 우리를 도와줘."

"그래."

그게 유일한 방법이었다. 세라가 할 수 있는 단 하나의 방법이었고, 야보를 구할 수 있는 가장 빠른 길이었다.

"근데 있잖아, 나한테 팔 초능력은 없겠지?"

"있겠냐?"

드오는 세라를 지나쳐 여전히 바닥에 깔린 주황빛 연기를 쓸어 모았다. 드오의 손에서 다시 작은 구슬이 된 능력은 진열장으로 되돌아갔다.

"있는 동안 붕어빵이나 하나 만들어봐. 얼마나 대단한지 맛이나 보게."

동트기 직전, 세라는 다시 집으로 들어갔다. 침대에 누워 뒤척이고 있으니 오래지 않아 온가와 드오가 돌아왔다. 사막에 중년 사내를 버리고 오는 길일 것이다. 세라의 옆에 온가가, 그 옆에 드오가 누웠다.

염과 야보가 아닌 타인과의 동침은 처음이었다. 몸이 불편했다. 자꾸만 세라가 몸을 뒤척이자 나지막하게 드오가 입을 열었다.

“붕어빵, 최대한 빨리 데려다줄 테니 어서 자. 우리한테도 준비할 시간이 필요해서 그래. 자세한 사정은 몰라도, 여기 있는 동안은 체력을 비축해두도록 해. 가뜩이나 능력도 그런데, 그 순간이동한테 짐이 될 셈이야? 마음 단단히 먹어.”

드오의 말이 맞았다. 염에게 방해가 될 수는 없었다. 체력이라도 비축해두어야 했다. 걱정과 두려움은, 두 사람의 죽음을 상상하는 것은, 세라를 더 나약하게 만들 뿐이었다. 버텨야 했다. 나아가야 했다. 그저 두 사람이 괜찮을 거라고 믿어야 했다. 세라는 눈을 감았다.

다음 날 세라가 눈을 떴을 때 온가와 드오는 이미 나가고 없었다. 시계를 보니 벌써 정오였다. 무더운 햇볕이 세라를 집어삼키듯 집 안으로 들이닥쳤다. 커튼을 치려고 창가로 다가가자 창밖으로 크사르의 전경이 한눈에 들어왔다. 그러고 보니 밝은 시간에 크사르를 제대로 바라보는 건 처음이었다.

덥지도 않은지 광장 그늘막마다 사람들이 자리를 차지하고 앉아 있었다. 여전히 노인뿐이었고 젊은 사람이라곤 막 광장으로 들어서는 온가와 드오뿐이었다.

세라는 집에서 나와 광장으로 향했다. 온가와 드오는 광장을 돌아다니며 노인들에게 점심을 나눠 주고 있었다. 그 광경을 멀뚱히 보고 있으니 뒤에서 웬 노인이 세라의 등을 쿡쿡 찔렀다. 노인은 온가와 드오를 가리키며 먹는 시늉을 했다. 세라는 손사래를 쳤지만 아무것도 먹지 못한 배에서 곯은 소리가 났다. 그 소리를 도대체 어떻게 들었는지 온가와 드오가 세라 쪽으로 돌아보았다. 그제야 세라가 왔다는 사실을 알아챈 그들은 세라를 말똥히 쳐다보다가 다가왔다.

"밥 안 먹었어? 거실에 올려놨는데."

"아, 못 봤어."

세라가 배를 움켜쥐고 말하자 온가가 식은 죽이 담긴 그릇을 건넸다.

"다 먹고 나면 우리 좀 도와줄래?"

"그 부탁을 하는 거야?"

"아니. 밥값 해야지, 이제."

쌍둥이의 하루는 바빴다. 삼시 세끼 주민들의 밥을 챙기는 건 물론이고 요리도 직접 했으며, 건물 유지보수와 노인들의 건강관리, 전력기관 운영까지 했다. 온가와 드오는 쳇바퀴가 되어 크사르를 유지하고 있었다. 불과 몇 년 전까지만 해도 노인들과 일을 분담했지만 쌍둥이가 성인이 된 뒤로는 전적으로 두 사람이 모든 일을 도맡았다고 했다.

쉬지 않고 두 사람을 따라다니며 일손을 보탠 뒤 세라는 이곳에 살고 있는 사람들이 쌍둥이와 노인들뿐이라는 걸 깨달았다. 모든 마을에 파견되어 있어야 할 관리자는 어디에도 보이지 않았다. 관리자가 없다는 건 둘 중 하나였다. 파견된 관리자를 죽였거나 처음부터 관리자가 없었거나. 어느 것이든 말이 되지 않았다. 전자라면 관리자의 보고가 없으니 새로운 관리자가 파견되었을 것이고, 관리자를 죽였다면 쌍둥이와 이곳이 멀쩡할 리가 없었다. 후자의 경우는 들어본 적도 없었다. 세라는 킹덤에서 파견된 관리자에 대해 물어보았지만 쌍둥이는 대답 대신 세라를 조리실로 데려갔다.

"벌써 저녁때야?"

"아니, 간식 시간. 아직 세시밖에 안 됐어. 그래도 바쁜 건 거의 다 끝났어."

쌍둥이는 그렇게 말하며 찬장과 냉장고를 살폈다. 세라는 벽에 기대앉아 두 사람을 지켜보았다. 둘은 재료를 하나둘 조리대 위로 척척 쌓아 올렸다.

"뭐 만들 건데?"

손부채질을 하며 세라가 물었다.

"아, 그걸 얘기 안 해줬구나?"

드오가 씩 웃으며 덧붙였다.

"붕어빵."

드오와 온가는 약속이라도 한 듯 세라의 양 겨드랑이를 잡고 세라를 일으켰다.

"뭐?"

세라가 발버둥을 쳐봤지만 쌍둥이를 이겨내기엔 역부족이었다.

"재료가 있어야 만들지. 뿅, 하고 나오는 게 아니라니까? 나는 그냥 맛있게 만드는 것뿐이라고!"

열심히 저항해봤지만 소용없었다.

"그래그래. 그건 걱정 마."

조리대 위로 질서 정연하게 놓인 낯익은 재료들이 세라를 반기고 있었다. 심지어 이미 반죽은 되어 있었고 팥은 한 번 삶아져 있었다.

"근데 이런 건 어떻게 구해?"

"킹덤에 다녀오면서 사 오지. 능력을 납품하는 게 돈이 좀 돼."

"이것도 킹덤에 팔아?"

놀랍게도 붕어빵 틀까지 준비되어 있었다. 마음이 복잡했다. 군락에서의 생활이, 처음 팥 스프레드를 만들었을 때부터 마지막으로 붕어빵을 야보의 입에 밀어 넣던 순간까지 머릿속에 찬찬히 스쳐 지나갔다.

“그건 옛날부터 있던 거. 여기에 최초로 정착했던 사람들 짐에 섞여 있던 거야. 우리도 누구 건지는 몰라.”

온가가 어깨를 으쓱이며 대답했다. 세라가 생각에 잠겨 있는 동안 온가와 드오는 세라의 옆에서 꼼지락거렸다.

“그럼 이제 만들자!”

등짝을 내리치는 드오의 손길에 정신을 차려보니 어느새 세라의 양손에는 위생 장갑이 끼워져 있었다. 국자는 덤이었다. 드오와 온가가 양쪽에 달라붙어 만든 작품이었다. 세라가 어이없다는 듯 둘을 번갈아 보자, 둘은 잘 부탁한다고 말하며 뒤에 놓인 의자에 앉았다. 세라는 한숨을 내쉬며 재료들을 한 번 더 훑어보았다. 아무래도 만들어야 할 분위기였다. 그런 세라의 마음을 아는지 모르는지 뒤에서 쌍둥이가 장난스레 웃는 소리가 들려왔다. 그 소리를 듣고 고개를 돌려 노려보면 두 사람은 웃지 않은 척 무표정한 얼굴로 세라를 응시했다.

“뭐 해? 만들어.”

다시 세라가 앞을 보면 쌍둥이는 웃었고 뒤돌아보면 정색했다.

아무래도 두 사람은 붕어빵을 다 만들 때까지 세라를 조리실 밖으로 내보내지 않을 셈인 듯했다. 세라는 한숨을 내쉬며 말했다.

"한 번만이야."

팥 스프레드를 만들기 시작하자 손끝으로 흐르는 전류가 느껴졌다. 이 감각을 또 느끼게 되다니. 군락을 떠난 뒤로 처음이었다. 달갑지는 않았다. 애초에 세라는 이런 상황을 예상해본 적이 없었다. 계획에도 없는 일이었다. 낯선 동네에 팥 냄새가 가득 채워졌다.

"참, 너무 바삭하게 만들지는 마. 우리 어르신들은 다 이가 약하거든."

팥이 있는 것도 그런 이유였다. 이가 약한 노인들을 위해 죽을 자주 만들었는데 매일 똑같은 걸 먹을 수는 없으니 가끔은 팥죽을 끓인 거라고. 너무 뜨겁지 않게 부러 식힌다고도 했다. 점심에 먹은 죽이 식어 있었던 것도 그런 이유에서였다.

세라는 두 사람의 마음을 곱씹으며 붕어빵을 만들었고 갓 만들어진 붕어빵은 찰기가 가득했다. 금방 틀에서 빼낸 것인데도 썩 뜨겁지도 않았다. 당연히 맛은 최고였다.

온가와 드오가 간식을 나눠 주는 동안 세라는 집으

로 돌아갔다. 그들은 저녁 준비는 둘이서 할 테니 쉬라고, 오늘 하루 고생했다는 말을 덧붙이며 괜스레 포상인 척 붕어빵을 건넸다. 세라는 침대에 걸터앉아 붕어빵을 먹으며 광장을 내다보았다. 사람들은 밝은 얼굴로 붕어빵을 먹고 있었다. 그들의 웃음소리가, 유난히도 해맑은 목소리가 집까지 전해졌다. 마침 해가 뉘엿뉘엿 넘어가고 있어서 고즈넉한 분위기의 그림처럼 느껴지기도 했다. 저런 풍경 속에서 살아본 적이 있었나. 분명 언젠가는 세라도 저런 삶을 가졌던 적이 있는 것 같은데, 그게 너무 까마득했다. 세라는 꼬리만 남은 붕어빵을 내려다보았다. 염과 야보는 꼬리부터 먹었지, 아마. 세라는 남은 꼬리를 한입에 집어삼켰다.

다시 고개를 들어 창밖을 내다보았을 때 마침 이곳을 보고 있는 드오와 눈이 마주쳤다. 드오는 옆에 앉은 할머니에게 말을 건네고 있었다. 드오가 손을 뻗어 세라가 있는 쪽을 가리키자 할머니의 시선도 세라에게로 옮겨졌다. 할머니는 손을 뻗어 손짓했다. 이리 오라고. 세라는 떨떠름하게 광장으로 향했다.

세라가 광장에 등장하자마자 박수가 쏟아졌다. 드오가 뿌듯한 얼굴로 왼쪽 자리를 두드렸다. 드오의 오른쪽에 앉아 있던 노인이 활짝 웃으며 세라를 반겼다. 붕어빵에 대한 찬사가 여기저기서 이어졌다.

애기가 어떻게 이렇게 멋진 능력을 가졌을까.

세라의 얼굴이 붉게 달아올랐다. 양가적인 감정이었다. 고작 붕어빵이나 만들 줄 알아서 부끄러웠고 무려 맛있는 붕어빵을 만들 줄 알아서 쑥스러웠다. 슬쩍 주위를 둘러보니 모두가 행복해 보였다. 능력과 무관하게, 손수 만든 음식을 저들이 해맑게 먹는 모습을 보니 세라는 능력 발현 이후 처음으로 마음이 편해지는 기분이 들기도 했다.

“정말 맛있네. 세라라고 했니? 나 옛날에 이런 거 먹어본 기억이 나는 거 같아. 그때 참 좋았거든.”

옆에 있던 할머니가 세라에게 말을 걸더니 건너편 그늘막의 할아버지를 향해 소리쳤다.

“야, 치로야! 너 기억나냐! 얼음낚시 하다가 말이야.”

“응, 얼음낚시?”

할아버지는 곰곰이 생각에 빠진 얼굴로 붕어빵을 음미했다. 무언가 생각나는 듯 인상을 찌푸리며 점점 빠르게 붕어빵을 먹기 시작했다.

“어어, 치로 할아버지, 천천히 먹어.”

드오가 말렸지만 치로 할아버지의 미간 주름은 붕

어빵을 씹을수록 더 짙어졌다. 그 협곡 사이사이에 기억을 숨겨두기라도 한 듯, 그는 허공을 바라보며 붕어빵을 먹었다.

그러는 동안 세라는 할머니에게 물었다.

"근데 얼음낚시를 하셨어요? 어디서요?"

그게 의아했다. 당연히 사막에서 얼음낚시를 할 수 있을 리는 없을 테고, 하물며 아주 오래전에 했다고 한들 겨울이 오지 않기 시작한 건 할머니가 태어난 때보다 훨씬 전이었을 것이다.

"내 고향에서."

"고향이 어딘데요?"

"저기 있잖아, 킹덤. 좋았지. 안 그러냐, 치로야!"

예상치도 못한 대답이었다. 그러면 능력자라는 말일까? 하지만 할머니는 능력자의 눈이 아닌 평범한 눈을 가지고 있었다. 세라는 주변을 둘러보았다. 광장에 나와 있는 모두가 비능력자였다.

치로 할아버지도 마찬가지였다. 매섭게 기억을 찾아 헤매던 탐험가의 미간은 온데간데 사라지고 붕어빵을 다 먹은 그는 평온한 얼굴로 돌아와 있었다.

"아니, 모르겠어."

"그 왜 있잖어. 겨울만 되면 뒷산 밑에 있는 저수지

에 얼음낚시 하러 갔잖아. 거기에 붕어빵 팔러 오는 사람이 있었는데……."

할머니는 쏘아붙이듯 이야기를 마구 늘어놓았다. 붕어빵을 쉬지 않고 먹으며 말하는 모습은 꼭 붕어빵을 먹어야만 이야기를 출력할 수 있는 것처럼 보였다.

그 모습을 지켜보고 있던 드오의 표정이 심상치 않았다. 드오는 잔뜩 굳은 얼굴로 할머니에게 물었다.

"옛날 생각이 나요?"

드오의 목소리가 떨렸다.

"응? 아, 그럼! 갑자기 말이야……."

할머니는 허공을 올려다보며 꼬리부터 먹던 붕어빵을 마저 먹어치웠다.

"갑자기 말이야……."

"왜 말을 하다 말아요. 뭔데, 응? 뭐가 기억나는데?"

"응? 기억?"

멍하니 앞을 보고 있다가 드오를 바라보는 할머니는 영문을 모르겠다는 듯 말간 표정을 지었다.

"세라, 붕어빵 좀 더 줘봐."

드오는 다급하게 세라에게 손짓했지만 남은 게 없었다. 방금까지 어린아이 같은 표정으로, 생기 넘치는 눈동자로 늘어놓던 얼음낚시 이야기는 더 이상 이어지지 않았다. 아무 일도 없었던 것처럼 모두 그늘 아래에 앉아만 있었다. 손부채질을 하고 콧노래를 부르고 인자한 웃음만 짓고 있었다. 언뜻 보면 평화로워 보였으나 세라는 정체 모를 균열을 느꼈다.

옆에서 드오가 머리를 쓸어넘겼다. 그럼 그렇지, 작게 속삭이면서.

때마침 광장으로 들어선 온가가 세라를 불렀다.

"세라, 잠시 따라올래? 보사가 불러."

익숙한 그 이름은 온가와 드오가 무심코 자주 뱉던 이름이었다. 세라는 종종 보사라는 이름을 들을 때마다 그녀가 야보와 세라에게 있어 염 같은 존재라고, 곁에는 없지만 계속해서 따라다니는 이름이라고 느꼈다.

세라는 복잡미묘한 표정을 짓고 있는 드오를 뒤로하고 온가에게 다가갔다.

"보사가 누군데?"

"우리를 키워준 사람."

세라는 그제야 보사가 사진 속의 할머니라는 걸 깨달았다. 어느 시점 이후로 사진에서 찾아볼 수 없었기에 세라는 멋대로 그녀가 명을 다했으리라 짐작했던 터라 적잖이 놀랐다. 그녀가 보사일 거라고는 조금도 예상하지 못했다.

세라는 광장 가장 가까이에 위치한 건물로 향하는 온가를 뒤따라가며 물었다.

"그 사람은 내가 온다는 걸 어떻게 안 거야?"

"그게 보사의 힘이거든."

"힘?"

"미래를 보는 눈."

미래를 본다니. 그 정도의 능력자가 바깥에서 산다는 이야기는 들어본 적도 없었다. 그건 구원자에 가까운 능력이었다. 이곳이 아니라 킹덤에서 떵떵거리며 살아갈 수 있는 능력이었다. 그런 능력자가 어째서 이런 크사르에 살고 있는지 이해가 가지 않았다. 어쩌면 크사르에서 태어나 여태 발견되지 않은 걸지도 몰랐다. 하지만 그 정도의 발현이라면 킹덤에서 모를 수가 없었을 터였다. 세라는 머리가 복잡했다. 어쩌면 보사는 세상이 언제 다잡아질지 알고 있을지도 몰랐다. 그런데 왜 그런 능력을 가진 보사가 세라를 구원자라고 칭했을까.

온가는 건물 문 앞에 서서 잠시 머뭇거리다 세라를 돌아보았다.

"혹시라도 보사가 물어보면 네가 구원자라고 말해줘."

세라가 무어라 묻기도 전에 온가는 문을 열었다.

"보사, 구원자를 데리고 왔어. 세라……."

집 한가운데 커다란 침대가 놓여 있었고 보사는 등 뒤에 베개를 받친 채 비스듬히 누워 있었다. 긴 백발 머리의 보사. 바짝 말라 뼈마디가 선명하게 보였다. 보사가 천천히 눈을 떴다. 희다 못해 투명한 눈동자가 세라를 향했다. 보사는 갈라지고 윤기 하나 없는 입으로 힘없이 웃었다. 입가도 속눈썹도 바르르 떨렸다.

"반갑구나."

세라는 고개 숙여 인사를 받았다.

"네가 이 붕어빵을 만들었다지."

보사는 다리 위에 놓은 그릇을 내려다보며 말했다. 그릇 안에는 뭉개진 붕어빵이 있었다. 온가가 먹기 쉽게 으깨둔 것 같았다. 그녀는 천천히 숟가락질을 해보았지만 손이 떨려 쉽지 않은 듯했다. 결국 온가가 옆에 앉아 으깬 붕어빵을 보사의 입에 넣어주었다.

"맛이 정말 좋구나. 많은 사람이 좋아하겠어……. 큰 힘이 되는 맛이야."

보사는 미소를 지은 채 세라에게 말했다.

"그 정도는 아니에요."

보사는 여전히 미소를 짓고서 천천히 붕어빵을 음미했다.

"온가야, 계속 주겠니?"

"응, 천천히 씹어. 더 있으니까 많이 먹고. 세라가 더 만들어줄 거야, 그치?"

"됐단다. 내가 먹으면 얼마나 더 먹는다고. 다른 사람들한테 나눠 줘."

"그렇게 말하지 말라니까……."

온가의 목소리는 금방이라도 울 것같이 젖어들었다.

"하지만 온가야, 저 오아시스를 좀 보렴."

보사는 창가로 고개를 돌렸다. 하지만 온가는 고개를 반대로 돌릴 뿐이었다. 창이 유난히 컸다. 창문 너머로 광장 한가운데의 구덩이가 한눈에 들어왔다. 땅이 갈라지고 바싹 메마른, 가뭄의 흔적이 잔인하게도 깊게 새겨져 있었다.

"아주 멋진 오아시스가 있었지……. 누가 만든 건지도 잘 기억나지 않는구나. 오래된 일이야. 정말 멋진 오아시스였는데. 온가야, 기억나니?"

온가는 여전히 고개를 돌린 채 고개를 끄덕였다.

"너희가 참 좋아했는데, 거기서 매일 물놀이하던 너희 둘을 보는 게 참 즐거웠어……. 너무 매일같이 나가서 몇 번은 못 나가게 막기도 했는데, 지금 생각해보면 그러지 말 걸 그랬구나. 그걸 몰랐네."

세라는 온가의 눈치를 살폈다. 온가의 눈가가 붉어졌다.

“다시 물놀이할 수 있어. 이제 구원자가 왔잖아, 보사 말대로. 모르긴 뭘 몰라, 보사가 모르는 게 어딨어. 오아시스에 물이 다시 찰 거야. 그럼 보사도 다시 건강해질 거야.”

온가는 울음을 꾹 참으며 으깬 붕어빵을 보사의 입으로 가져갔다. 어느덧 붕어빵은 동이 났다. 보사는 입에 남은 것을 삼킨 뒤 입가를 닦았다. 그러곤 베개에 조금 더 깊숙하게 몸을 기댔다.

“온가, 세상에 영원한 건 없단다.”

“보사!”

온가의 외침에도 보사는 그저 웃을 뿐이었다. 기나긴 세월을 살아온 사람에게서만 느껴지는 순응 같았다. 보사는 세라의 손을 살짝 잡았다.

“잘 먹었단다. 덕분에 오랜만에 기운이 났어. 피곤할 텐데 이제 가서 쉬렴……. 이렇게 봐서 좋았구나. 그냥 잠깐 보고 싶었단다……. 네가…… 있는 동안…….”

보사의 말은 점점 느려졌다. 말이 끝남과 동시에 보사는 눈을 감았다. 세라의 손을 잡고 있던 보사의 손에서 힘이 풀렸다. 온가는 잠든 보사를 편한 자세로 뉘어주었다. 얕은 숨소리가 들려왔다. 아주 작고 느릿하게 마른 가슴이 숨을 쉴 때마다 움직였다.

"고마워. 보사가 이렇게 잘 먹는 건 정말 오랜만이었어. 다른 사람들도. 할머니, 할아버지 들이 저렇게 생기 넘쳐 보이는 건 처음이야. 어쩌면 너한테는 그런 힘이 있는지도 모르지. 사람들을 조금 더 힘 나게 하고. 맛있는 걸 먹으면 기분이 좋아지니까."

그러고 보면 야보의 정수리에서도 연기가 모락모락 피어오르곤 했다.

"그럴지도 모르겠네."

"그 능력을 가지고 킹덤으로 꼭 가려는 이유가 뭐야? 거기에 순간이동이 있대도, 사실 네가 할 수 있는 건 없잖아. 순간이동에게 붕어빵 먹이기?"

장난스럽게 묻는 말 속에는 뼈가 있었다. 반쯤은 사실이었다.

"보사는 너무 빨리 몸이 나빠졌어. 우리가 손쓸 수도 없게. 뭘 해볼 수도 없게. 그러니 이제 제대로 된 미래도 보지 못하는 거겠지. 원래 알고 있던 수많은 미래도 다 잊어버렸지."

"이유를 물어봐도 될까?"

온가는 고개를 끄덕이며 말을 이었다.

"여기 사람들 다들 평화로워 보이지만, 저 사람들 옛날 일은 하나도 기억하지 못해. 능력도 기억도 잃은 채로, 하루아침에 쫓겨나버렸거든."

세라는 붕어빵을 먹으며 킹덤을 제 고향이라 말하던 할머니가 떠올랐다.

"설마 거기가……."

"맞아, 킹덤. 모두 거기서 왔어. 다들 큰 힘을 가지고 있었으니까. 사람을 해치는 힘은 하나도 없었을 텐데 말이야."

온가는 보사의 주름진 손을 어루만지며 한참 뜸을 들였다.

"있지, 보사는 정말 오래 살았어. 얼마나 오래 살았는지도 모르겠어. 확실한 건 세상이 이렇게 되기도 전부터 살아 있었다는 거야."

"뭐?"

"미래를 보는 눈 그리고…… 영생. 그게 보사가 가지고 있던 초능력이었어. 보사를 포함해서 여기에 있는 모두가 영생의 능력을 가지고 있었지. 하지만…… 언젠가부터 하나씩 우리를 떠나기 시작했어. 그리고 이제는 보사 차례가 온 것 같아. 얼마나 더 버텨줄 수 있을지도 모르겠어. 여기에 있는 사람들 모두."

온가는 덤덤한 표정으로 말을 이었다.

"처음에 우리 능력을 알았을 때 우린 정말 기뻤어. 보사의 초능력을 되돌려줄 수 있을 거라고 생각했거든. 언젠가 보사의 능력을 가진 구원자가 나타날 수도 있으니까. 그런데 우리도 고만고만했던 거야. 애초에 구원자의 능력을 우리 따위가 훔칠 수 있을 리가. 처음으로 세상이 매정하게 느껴졌던 거 같아. 능력이 생겼는데 보잘것없어진다는 게 말이야. 세상은 이런 우리가 이딴 땅에서 죽든 말든 신경도 안 쓰고. 그래서 우리는 구원자를 기다렸어. 구원자에게 보사의 능력이 있기를, 그게 아니더라도 세상을 뒤바꿀 힘이 있기를. 그런데……."

"내가 와버렸지."

"맞아, 붕어빵이 와버렸지."

온가는 쓰게 웃었다. 모두 구원자가 절실했다.

"정말 세상을 바꿀 수 있을 거 같아?"

"그래도 갈 수밖에 없잖아."

더는 구원자를 기다릴 시간이 없었다.

쌍둥이가 자리 비울 준비를 하는 일주일 동안 크사르는 평화로웠다.

느지막이 일어나 광장으로 나가면 세라에게는 할

일이 주어졌다. 요리를 돕거나, 노인들의 건강을 살피거나, 노인들의 거동을 돕거나 하는 어렵지 않은 일이었다. 그리고 오후 두시에는 꼭 조리실로 가서 붕어빵을 만들어야 했다. 더운데 무슨 붕어빵이냐는 성화에도 쌍둥이는 단호하게 세라를 조리실로 밀어 넣었고 세라는 매번 식은 붕어빵을 만들어냈다. 종종 드오는 그런 세라를 의문스럽게 바라보곤 했는데, 제 능력을 좋아하지도 않으면서 늘상 열심히, 맛있게 만들어 오는 세라가 당최 이해되지 않는다고 했다.

"큰 이유는 없는데. 그냥 하는 거야."

그렇게 대답하기는 했으나 첫째로, 세라는 크사르의 할머니, 할아버지 들을 보고 있으면 괜히 야보와 염과 함께 지내던 날들이 생각나기도 했고 둘째로, 세라가 능력을 싫어하는 것과 별개로 붕어빵을 맛있게 먹는 사람들을 보면 괜히 더 만들어주고 싶어졌다. 붕어빵을 먹을 때마다 조각조각 과거의 기억을 꺼내는 노인들의 얼굴에는 평소에는 보지 못했던 활기가 돌았다. 짧은 순간이라도 생기가 깃드는 눈동자를 보면, 세라는 그냥 해주고 싶었다. 그리고 그 순간만큼은 능력과는 무관한 세상을 살아가는 기분을 느끼곤 했다. 능력이 사라지고, 구원자도 큰 힘도 필요치 않은 세상을 사는 기분이었다.

붕어빵이 세상의 가장 큰 평화가 되는 세계라니. 하지만 세라는 거기에 잠식될 수 없었다. 이 세상에서 힘이 없는 자들에게 완전한 평화란 있을 수도 없었거니와 고작 붕어빵으로는 세계를 구할 수도 없었다. 그러니 세라는 이곳에 있는 동안만큼이라도 저들이 세라는 모르는, 오래전에 누렸던 평화의 찰나라도 느끼기를 바랐다.

마지막으로, 세라는 붕어빵을 맛없게 만드는 방법을 몰랐다. 붕어빵을 만들 때면 저절로 손끝에 묘한 느낌이 몰려들었다. 저리기도, 따끔따끔하기도, 간질간질하기도 한 것 같은 느낌이. 그 감각에 익숙해질 무렵, 세라는 배꼽 아래쪽에서 비슷한 기운을 느꼈다. 능력의 시작점이었다.

쌍둥이는 세라가 머무는 동안 한 번 더 크사르를 나섰다. 덫을 보러 간다고 했다. 킹덤으로 가는 길에 설치해놓은 덫에 종종 쓸 만한 물건이 걸린다고 덧붙였다.

그날 밤, 쌍둥이는 익숙한 포대 자루를 끌고 판매점의 지하실로 돌아왔다. 중간 크기의 구슬이 하나 나왔다. 벽에 기대 과정을 지켜보고 있던 세라는 문득 궁금한 게 생겨 드오에게 물었다.

"근데 그건 납품해서 어디에다 써?"

"말이 납품이지, 암거래야. 알음알음 능력이 필요하

다는 사람도 있고, 암시장에 가면 불법으로 능력을 개조하는 사람도 있고……. 이걸 마약으로 쓰는 사람도 있지. 킹덤은 의외로 환락가가 발달해 있거든."

"킹덤은 어떤 곳이야?"

"사실대로 말하면 우리는 잘 몰라. 우리는 킹덤에 들어가자마자 지하로 가는 땅굴을 타거든. 암거래는 다 지하에서 이루어지니까. 그래서 킹덤 깊이 들어가본 적은 없어. 그냥 잠깐 느끼기로는 시원한 바람이 불어. 공기도 맑고 해도 뜨겁지 않고. 건물은 되게 높더라. 빽빽하고. 거기는 완전 새로운 세계야. 바깥이랑은 완전 다른 세계지."

완전히 새롭고 다른 세계. 세라는 그 말을 계속해서 곱씹었다.

포대 자루에 사람을 넣은 뒤, 두 사람은 다시 '물건'을 처리하기 위해 나설 준비를 했다.

"근데 그 사람은 죽은 거야?"

"야! 암만 그래도 우리 사람은 안 죽여. 정도가 있지."

드오가 소리를 빽 질렀다.

"그냥 좀 구슬이 큰 애들은 이렇게 안 하면 못 빼서……. 그래서 처음부터 이렇게 하는 거야."

"그러면 그거 짊어지고 저 돌산을 넘는 거야?"

"아, 너 돌산 넘어왔지."

드오 뒤에서 온가가 어깨를 으쓱였다.

"미안, 당연히 쉬운 길이 있지. 일부러 그랬던 거야. 돌산 밖에 차도 있고."

배신감에 입을 쩍 벌린 세라를 뒤로하고 온가와 드오는 지하실을 떠났다.

"다녀오마. 잘 지키고 있어라."

그리고 둘은 세라가 채 잠들기도 전에 돌아왔다. 세라 옆으로 온가와 드오가 차례대로 누웠다. 드오는 포대를 옮기느라 꽤 지친 기색이었다.

"근데 있지, 꼭 지하실로 가져와서 해야 돼? 그냥 거기서 하고 구슬만 가져오면 안 되는 거야?"

세라가 묻자 드오는 비몽사몽 중에 대답했다.

"여기가 아니면 안 되더라고."

"너도 불쌍하네."

언젠가 세라가 두 사람에게 들었던 말을 따라 하니 온가는 웃음을 터뜨렸고 드오는 벌떡 일어나 세라를 노려보았다.

"복수하냐?"

세라는 대답 대신 눈을 감았다. 나쁘지 않았다.

*

세 사람이 약속한 일주일이 된 날 아침, 온가가 눈물에 젖은 얼굴로 세라를 깨웠다.

온가는 겨우 눈물을 참으며 숨을 골랐다.

"보사가 너무 안 좋아. 도와줘, 세라. 네 친구가 정말 세상을 구할 수 있어? 확실해? 세상을 구하면 어떻게 되는 거야? 보사는 다시 살 수 있는 거야? 아니, 아니지……."

온가는 혼자 횡설수설하며 고개를 저었다. 그 뒤로 드오가 들어왔다. 그의 상태도 좋아 보이지 않았다.

"그 순간이동, 어느 날 갑자기 능력이 증폭됐다고 했지. 그 방법을 알려줘. 이제 구원자를 기다릴 수는 없어. 킹덤에서 영생의 능력을 가져올 거야. 그러기 위해서는 더 큰 힘이 필요해. 어떤 초능력이라도 뺏을 수 있는 초능력이. 그러니 세라, 알려줘. 킹덤으로 데려다줄게."

드오의 눈 밑이 거뭇했다. 드오는 이미 결론을 내린 것 같았다. 그걸 위해서라면 뭐든 할 준비가 되어 있었다. 세라는 잠시 고민하다 대답했다.

"킹덤 중앙에 있는 근원에 들어갔다 나왔다고 했어.

근원의 위치는 정확히 몰라.”

“고마워. 그거면 됐어. 보사한테 가줘. 보사가 불러. 그동안 우리는 준비하고 있을게.”

드오는 세라가 믿지 못할 걸 대비해 차 키를 건넸다. 세라는 키를 주머니에 넣고 보사의 집으로 향했다.

보사는 이미 숨을 거둔 사람처럼 가만히 누워 눈을 감고 있었다. 세라가 조심스레 보사를 부르자 그녀는 겨우 눈을 떴다. 눈꺼풀을 드는 것도 힘겨워 보였다.

“왔……니…….”

더듬더듬 뱉는 목소리는 바싹 말라 쇳소리처럼 들렸다. 그녀는 그렇게 말하곤 다시 눈을 감았다. 두 음절 뱉는 데도 숨이 가빠 색색 내쉬었다. 그런 그녀의 모습에 야보의 모습이 겹쳐졌다.

“혹시…… 붕어빵…… 있니?”

붕어빵은 모두 조리실 냉장고에 있었다. 세라가 떠난 뒤에도 주민들이 먹을 수 있게끔 틈날 때마다 만들어 냉장고에 가득 채워두었다.

세라는 서둘러 조리실에서 붕어빵을 챙겨 돌아왔다. 숟가락으로 으깬 것도 삼킬 수 없을 것 같아 물과 함께 믹서기로 갈아버렸다. 그걸 보사의 입에 가져다 대고 한 방울씩 흘려 넣었다. 처음 보사는 그걸 입에 머금고 있기만 하다가 조금씩 넘기기 시작했다. 어느새 숨을 쉬는 것도 한결 더 편해 보였다.

"정말 대단한 힘이구나, 세라……."

보사가 희미하게 웃었다.

"이제 됐다."

"하지만……."

세라는 고개를 푹 숙였다. 문득 그런 생각이 들었다. 하다못해 세라의 능력이 조금 더 큰 힘을 발휘할 수 있다면 어땠을까. 잠깐 기운을 차리게 하는 정도가 아니라 치유하고 살려내는 수준으로 더 강한 힘을 발휘할 수 있다면 어땠을까. 그랬다면 세라는 야보의 곁에 남아도 되었을 테고 염을 떠나지 않아도 되었을 테고 어쩌면 보사는 다시 건강해질 수 있을지도 몰랐다.

"제 능력이 너무 약해서 그래요. 제가 더 강했어야 하는데. 왜 저는 이렇게 됐을까요."

세라의 머리 위로 보사의 손이 툭, 얹어졌다. 그녀는 세라를 바라보며 고개를 천천히 저었다.

"힘의 크기는 중요하지 않아."

보사는 그렇게 말하며 침대 옆 협탁을 가리켰다. 그 안에는 온가와 드오의 사진이 빼곡하게 붙은 앨범이 수십 권 들어 있었다. 앨범을 모두 꺼내고 나니 가장 아래에 오래된 공책이 있었다.

"아주 오래전에 쓴 거란다. 읽어보련."

세라는 천천히 공책을 넘겼다. 얼마나 오래된 것인지 가늠도 가지 않았다. 종이는 금방이라도 바스라질 것만 같았다. 그나마 협탁 가장 밑에 숨겨져 있어 겨우 목숨을 부지하고 있는 듯했다.

첫 장에는 이렇게 적혀 있었다.

살아온 모든 기억을 잃는 미래를 보았다.

급하게 휘갈겨 쓴 티가 역력했다.

다음 장에는 이렇게 적혀 있었다.

이미 시작되었다.

그 뒤로는 그간 보사가 보아왔던, 또 보았던 미래들이 적혀 있었다. 적는 동안 잊어버리기라도 했는지 문장이 채 완성되지도 못한 미래도 있었다.

"미래를 보는 능력이 사라지는 동안 쓴 건가요? 킹덤이…… 그랬나요?"

세라는 이를 꽉 깨물고 물었다. 하지만 보사의 대답

은 예상을 빗나갔다.

"내가 그랬지."

"보사가요?"

"그래……. 나도 더 큰 힘을 욕심냈거든. 미래뿐만 아니라 모든 시간대를 보고 싶었으니까. 그리고 나는 실제로 성공했단다. 가까운 미래만이 아니라, 모든 시간대를 보는 눈을 갖게 된 거야."

"어떻게……."

세라의 심장이 크게 박동하기 시작했다.

"나는 근원이 있는 마을에 살고 있었거든."

보사는 잠시 인상을 찌푸리더니 액체가 된 붕어빵을 한 입 더 마셨다. 보사에게서 모든 이야기를 듣는 건 쉽지 않았다. 세라는 글씨가 점점 휘발되고 있는 공책을 한 장씩 넘겼다. 기록해둔 미래가 끝이 나고, 보사의 과거 이야기가 시작되었다.

정확히는 시골 마을이었다. 뒷산에는 소나무가 사시사철 울창하게 자랐던 곳으로, 그 앞에는 겨울이면 빙어 낚시를 할 수 있는 저수지가 있었다. 하지만 어느 순간부터 겨울은 오지 않았다. 이미 최초의 시간 설계자가 세계의 규율을 무너뜨린 뒤였으므로. 마지막 비가 내리던 해, 보사는 발현병을 앓았다.

보사가 가장 처음 갖게 된 능력은 24시간 안에 일어날 일을 알게 되는 것이었다.

몇 달 만에 비가 내리던 날, 보사는 다음 날 뒷산에 오르는 자신의 모습을 보게 되었다. 야트막한 뒷산은 오르는 게 어렵지 않아 보사와 친구들이 자주 찾던 곳이었다. 그때까지만 해도 세상에는 물이 있었다. 바다도 계곡도. 뒷산에는 개울이 흘렀다. 더운 날씨에 물을 떠 마시거나 종종 발을 담그며 놀기 좋았다. 가끔 송사리를 잡기도 했다.

비가 온 다음 날이라 땅이 질척했다. 아무도 함께 간다고 하지 않아 보사는 홀로 뒷산을 올랐다.

그날 보사는 또 다음 미래를 보게 되었다. 개울을 거슬러 올라가는 자신을. 미래는 공기처럼 그저 보사에게 스며들었다. 보사는 미래인지 개울인지, 어찌 되었든 둘 중 하나를 따라 계속해서 올라갔다. 어느덧 산 중턱에 다다랐다. 개울이 시작되는 지점을 본 건 처음이었다. 애초에 수원이 산 중턱에 있을 수가 있나. 보사는 비가 내려 고인 웅덩이로만 생각했다. 미래는 자꾸만 보사에게 스며들어왔다. 보사는 미래를 따라 걸음을 옮겼다. 샘을 향해 발을 내디뎠다. 그 순간 보사는 한없이 깊은 물속으로 빠지게 되었다. 그리고 다시 정신 차렸을 때

보사는 일주일 뒤의 미래를 보았다.

보사에게 영생의 능력이 생긴 건 그로부터 몇 년이 지난 뒤였다. 처음에는 몰랐다. 그저 보사는 계속해서 동네 친구들과 뒷산에 올랐고 그들은 함께 근원에 들어갔다 나오기를 반복했다. 보사는 영생의 능력이 근원에서 비롯된 개울물을 마시고 자라는 동안 차곡차곡 쌓인 거라고 생각했다. 그도 그럴 게, 개울물이 모두 말라버린 뒤에 태어난 사람들은 모두 죽었다. 근원은 마르지 않았고 그곳에 들어갔다 나온 사람들은 모두 더 높은 능력을 갖게 되었지만 끝내는 죽었다. 보사와 친구들만이 계속해서 살아갔다. 근원에서 비롯된 힘을 머금고 그 근방에서 살아가며. 근원의 힘으로 연명했다.

"하지만 여기엔 근원이 없잖아요."

"그러니 이제 때가 된 거지. 저 구덩이가 보이니?"

보사는 창밖 너머 구덩이를 바라보았다.

"오아시스가 있던 자리지. 물을 만들던 녀석이 있었거든. 걔 덕분에 오랫동안 이 마을에는 물이 마르지 않았단다. 킹덤에서 나오던 날, 그 아이는 근원의 샘을 한 국자 떠왔더랬지. 그리고 그걸 저 오아시스에 풀었단다."

보사는 잠시 숨을 고르고 이야기를 이었다.

"그 애 덕분에 근원의 힘이 오랫동안 남아 있었던 거야. 하지만 그 힘이 영원하지는 않았단다. 근원에서 떠오기는 했으나, 그렇다고 그게 영원한 생명의 밑천이 될 수는 없었어. 세상은 메말라가고 있었으니까. 그걸 증명하기라도 하듯 그 애가 제일 먼저 죽었지. 그 애는 죽는 날, 아마 원래는 그날이 마지막 날이 아니었을 거야……. 하지만 그 애는 남은 모든 힘을, 온 생을 쥐어짜내 능력을 썼단다. 보사가 살아가는 동안, 오아시스는 영원하라고."

그래서 실제로 오아시스는 세상의 모든 땅이 가물고 비가 더 이상 내리지 않아도 유지되었다. 하지만 그가 유지할 수 있었던 건 오아시스였지, 근원의 힘이 아니었다. 힘이 사라지자 보사의 시간은 흐르기 시작했고 오아시스는 메말라버렸다.

"그러면 다시 이곳에 근원의 힘을 가져오면 되는 거네요. 그러면 보사는 다시 예전처럼 오래 살아가게 되는 걸까요? 보사는 힘을 되찾을 수 있는 건가요?"

보사는 고개를 저었다.

"그러지 말렴."

보사가 킹덤을 도망쳐 나온 건 보사가 막 백이십을 넘기고도 몇 해 뒤로, 킹덤과 바깥이 구분된 지 백 년은

족히 지났을 때였다. 보사와 친구들은 그저 살아가고 있었다. 어느 순간부터는 무료함을 느끼며 영생이 끝나기만을 기다리고 있었다. 바깥 생활에는 관심이 없었다.

능력자들의 힘이 대를 지나갈수록 약해진다는 소문이 돌았다. 근원의 존재를 외부에 알리지 않고 백 년을 넘게 살아가고 있는 보사와 친구들 때문이었다. 하지만 그들이 근원을 알리지 못했던 건, 어느 순간부터 이들이 근원의 존재를 잊기 시작했기 때문이었다. 그리고 이들이 사라진 뒤로 산에는 결계가 쳐졌다. 어떤 능력자도 산의 결계를 풀지 못했다.

영생 능력자를 죽이기 위해 수많은 젊은 초능력자들이 공격해왔다. 보사와 친구들이 가장 절대적인 초능력인 영생에 또 다른 초능력을 가지고 있기 때문이었다. 미지의 대상이자 공포의 대상이었다.

보사는 모든 미래를 볼 수 있었지만, 그렇다고 그 일이 벌어지는 걸 막을 수 있는 건 아니었다.

보사는 계속해서 수많은 미래를 봤다. 젊은 초능력자들이 구세대인 자신들을 공격하는 미래도, 부상을 입고 도망치는 미래도, 그 과정에서 자신들의 수많은 자손이 목숨을 잃는 미래까지.

그래서 계속 근원에 들어갔다. 그 미래가 오기 전까

지 계속해서. 하지만 보사는 더 많은 시간대를 볼 수 있을 뿐이었다. 그리고 킹덤을 도망치던 날, 보사는 기억이 모두 사라지는 미래를 보았다. 자신이 여태 살아온 기억 중 이미 수많은 부분이 소실되기 시작한 걸 깨달았다. 힘을 얻은 대가였다. 힘을 쓰는 대가로 계속해서 잊어가고 있었던 거였다. 과거의 시간대를 훑어보며 보사는 자신이 잊은 것을 보았으나, 그마저도 금방 잊었다.

"세라, 나는 기억을 잃는 미래를 보았으면서도 계속해서 미래를 기록했어. 그땐 그게 중요하다고 생각했지. 그게 내 힘이었으니까. 그런데 나는 이제 내가 살았던 이백 년 가까이 되는 과거 동안 있었던 모든 일이 기억나지 않아. 내가 나로 구성될 수 있는 모든 걸 잃었단 말이기도 해."

보사는 떨리는 손으로 붕어빵을 한 입 떠먹었다. 보사의 눈이 하얗게 빛났다.

"중요한 건 힘이 아니야."

"힘이 아니면 뭐예요? 저한테 힘이 있었다면, 강한 힘이 있었다면 야보는 그런 일을 겪지 않았을 거예요."

"강한 힘이 뭐니, 세라?"

"그건……."

세라는 마땅한 대답이 떠오르지 않았다. 세계를 구

하는 힘. 그건 대체 무슨 힘일까.

“강한 힘이라고 해서 좋은 힘일까? 영생은 절대적인 능력이라고들 그러지. 그런데 세라, 이 긴 시간을 살아가면서 나는 계속 기억을 잃어가는데, 이게 과연 축복일까? 기억을 잃었다는 사실은 알지만 어떤 기억을 잃었는지는 모르지. 어떤 과거를 살았는지, 어떻게 살았는지, 내게 딸이 있었는지도. 내게 무엇이 중요했던 건지도 다 잊게 돼.”

보사는 천천히 허리를 숙여 협탁 안의 앨범을 꺼냈다. 어린 쌍둥이의 성장이 빼곡하게 담겨 있었다.

“그 애들이 왜 킹덤으로 가려고 하는지 알고 있단다. 나를 구원하고 싶은 거겠지.”

쌍둥이는 첫 친구가 생을 다한 지 몇 년이 지난 뒤에 이곳에 오게 되었다. 킹덤의 습격을 받은 먼 군락에서부터 한 여인이 크사르로 도망쳐 왔다. 그녀의 품에는 갓 태어난 온가와 드오가 있었다. 그녀는 온가와 드오를 보사의 품에 맡기고 숨을 거뒀다.

시간의 흐름이 유의미해진 건 온가와 드오를 키우기 시작한 뒤부터였다. 이미 보사의 시간은 흐르고 있었으나, 보사는 쌍둥이의 성장을 보며 시간의 흐름을 느낄 수 있었다. 오아시스의 수심은 나날이 낮아졌지만, 어느

새 쌍둥이의 발목에도 미치지 못할 만치 얕아졌지만, 보사는 아주 오랜만에 살아 있음을 느꼈다. 기억의 빈자리는 온가와 드오로 다시 채워지기 시작했다.

"그 애들이 채워준 기억은 충분히 나를 새로 구성하게 되었단다. 나는 이 애들을 보며 흐르는 시간을 유일하게 체감할 수 있었다. 온가와 드오가 내 시간을 흐르게 했으니, 둘은 이미 내 구원자로구나."

그렇게 말하며 보사는 몇 개의 붕어빵을 먹었는지 모르겠다. 과거 이야기를 늘어놓는 보사는 여태 본 것 중에 가장 생기가 돌았다. 눈은 빛났고 볼에는 홍조가, 입술에도 붉은 혈색이 스몄다. 창백한 얼굴에 투명한 눈동자를 가진 흰 백발의 그녀가 죽음의 문턱에 선 영혼을 연상시켰다면, 이제야 비로소 그녀는 살아 있는 사람 같았다.

"세라, 내 이야기를 들으며 알았겠지. 네 붕어빵에는 큰 힘이 있어. 사람을 쉽게 해치는 것만이 힘의 크기를 좌우하지는 않는단다."

보사의 이야기를 듣는 내내, 또 보사를 보며, 또 짧은 시간 이곳에서 지내며 세라는 붕어빵이 지닌 힘이 어떤 것인지 깨달았다. 단순히 맛있는 붕어빵을 만드는 것이 아니었다. 사람을 잠시나마 살아가게 하는 것, 그게 세라의 붕어빵이 가진 힘이었다. 하지만 그 능력은 지금의 세라에게는 필요가 없었다. 지금, 이 세계에서는 필요하지 않았다. 그 힘이 필요한 때는 지금이 아니었다.

"무슨 말씀을 하고 싶은지 알겠어요. 하지만 저는 가야 해요. 제게 무슨 일이 생기게 되더라도, 그보다 더 중요하게 제가 해야 할 일이 있어요."

보사는 고개를 끄덕였다.

"널 막을 수 없다는 건 알고 있단다. 나는 네가 킹덤으로 가는 미래를 이미 보았단다. 그러니 나는 너를 막을 수 없겠지. 다만 너와 얘기하며 오랜 기억을 떠올리고 싶었단다. 이 순간이 지나면 나는 다시 모든 이야기를 잊어버리게 되겠지. 대가를 치르는 중이니……. 또 어떤 기억을 잃을지 모르지만. 부디 온가와 드오만은 잃지 않았으면 좋겠구나. 세라, 잘 부탁할게."

보사는 세라에게 지도를 하나 건넸다. 근원의 위치가 적힌 곳이었다. 보사와 친구들이 떠난 뒤, 결계자는 산에 결계를 쳤다. 그 능력자가 살아 있는 동안은 아무도 산에 다가가지 못했겠지만, 결계자는 죽음을 맞이했다. 그러니 이제 산에 들어갈 수 있을 거라고. 근원은 사실 아주 평범한 샘이라고. 작은 웅덩이가 되었을지도 모른다고 덧붙였다. 보사는 이미 한참 전에 동이 난 붕어빵 접시를 세라에게 건네며 침대에 몸을 뉘었다.

"너를 구성하고 있는 가장 큰 게 뭔지 생각해. 네 삶에서 가장 중요한 게 무엇인지. 그걸 잊어서는 안 돼."

보사는 그렇게 말하며 깊은 잠에 빠졌다.

"저는 그렇게 되지 않을 거예요."

세라는 나지막이 중얼거린 뒤 보사의 집을 나섰다. 염은 붕어빵을, 그 순정을 기억하지 못했다. 손이 떨렸다. 서둘러야 했다.

이제 끝이 얼마 남지 않았다. 기다려, 야보.

킹덤

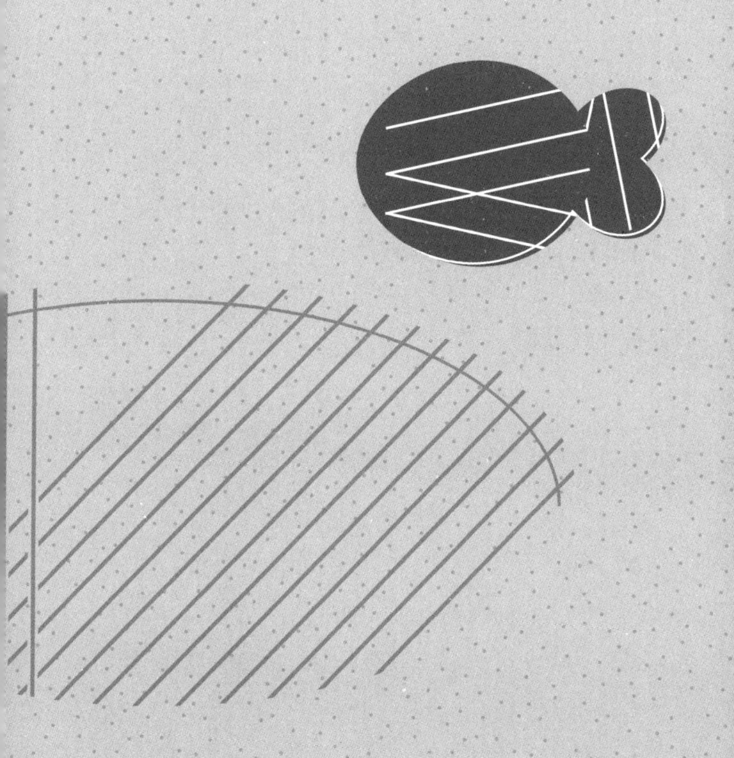

크사르에서 킹덤까지는 사흘이 걸렸다. 드오와 온가가 잠자지 않고 번갈아가며 운전했다. 세라는 뒷자리에서 구슬이 가득 담긴 박스 사이에 구겨지듯 앉아 사흘을 갔다.

킹덤은 마치 사막의 끝처럼 지평선 위로 모습을 드러냈다. 가까이 다가갈수록 점점 둥글게 떠오르는 거대한 돔은, 새로 일출을 시작하는 혹은 이 세상과는 완전히 다른 행성 같기도 했다.

바깥의 뙤약볕과 사막으로부터 잡아먹히지 않기 위해 덮어둔 반구형 돔은 밖에서는 안을 감히 쳐다볼 수도 없게 했다. 밖에서 봤을 때는 그저 정수리에 반사된 햇빛을 머금고 있는 시커먼 블랙홀 같기도 했다. 가까이 다가갈수록 정면이 죄다 검게 변질되는 것 같았으니, 블랙홀이 아닐 리가 없었다.

킹덤의 입구는 총 열두 개였고, 세 사람은 킹덤을 크게 한 바퀴 돌아 북쪽에 있는 12입구로 향했다. 그곳의 문지기가 드오와 온가의 오랜 거래처기 때문이었다. 그곳에 암시장으로 가는 땅굴이 있다고 했다.

그런데 킹덤 외곽을 도는 동안 드오와 온가는 뭔가 이상한 점을 느꼈다. 보통 문지기는 문 바깥에서 돔을 지키고 있었는데 여태 지나온 다섯 개의 문은 모두 문지기가 서 있는 대신 폐쇄되어 있었다. 멀쩡한 모습보다는 무너진 쪽에 가까웠다.

12입구에 가까워질 즈음, 세라는 천을 뒤집어썼다. 쌍둥이는 문지기와 안면이 있어 몰래 출입이 가능했지만 세라는 불가능할 확률이 높았다. 킹덤의 관리자도 아닌 자가, 정체도 불분명한 자가 킹덤의 문턱을 넘을 수는 없었다. 그것도 이런 시기에.

"외부인 출입이 지금은 어려워. 웬만하면 넣어주는 거 너희도 알잖아. 근데 그 새끼 때문에 완전 좆됐어. 벌레가 한두 마리 온 게 아니야. 다른 출입구는 다 봉쇄해버렸어."

12입구 문지기는 곤란한 얼굴로 온가와 드오를 저지했다.

"이러면 우리도 곤란해. 먹고살아야지. 오늘이 물건

을 가져다주기로 한 날이야. 뒤에 안 보여?"

드오가 인상을 쓰며 뒷좌석을 가리켰다. 세라는 숨을 꾹 참은 채 조금도 움직이지 않았다.

"알지만 어차피 지금 지하도 못 가. 땅굴이 파괴됐어. 어쨌든 미안하게 됐어. 돌아가."

문지기는 단호했다.

드오는 핸들을 검지로 툭툭 두드리다가.

"야, 미친! 조심해! 저게 뭐야!"

킹덤 안을 바라보며 소리쳤다. 깜짝 놀란 문지기가 문 안쪽으로 들어가 몸을 크게 부풀렸고, 문을 닫지도 않고 거인이 된 문지기의 다리 사이로 드오는 액셀을 세게 밟았다. 문지기는 "어디야, 어디야!"라고 허공에 외치며 경계 중이었다. 드오는 그가 눈치채기 전에 입구로부터 벗어나 눈앞에 보이는 좁은 길로 들어갔다.

킹덤의 첫인상은, 확실히 덥지 않다는 거였다. 창문을 내리고 달리자 불어오는 바람이 시원했다. 하지만 그게 전부였다. 말간 공기도 아니었고 좋은 냄새 대신 퀴퀴한 탄내가 여기저기서 풍겼으며 높고 으리으리한, 빽빽한 건물들 대신 킹덤의 천장까지 연기가 치솟고 있었다. 부서지고 무너진 건물 잔해가 도로 곳곳에 즐비했으며, 그 덕에 좁은 길은 미로처럼 막다른 길이 수두룩했고 넓게 빠진 도로는 성한 곳이 없었다. 전투의 흔적이 곳곳에 남아 있었다.

조금 더 깊이 들어가니 거주 구역이 나왔다. 그중 한 건물이 유난히 눈에 띄었다. 정확히는 상층과 천장, 외벽이 몽땅 무너져 겨우 틀만 유지하고 있는 건물이었는데, 그곳에 사람들이 잔뜩 널브러져 있었다. 죽은 줄로만 알았던 그들은 아주 느리게 움직이고 있었다. 그들이 움직일 때마다 능력이 발동되었다. 불꽃이 터지고, 공중 부양을 하고, 다른 사람의 몸을 통과하고, 여기저기서 부서지고, 으깨지고, 사라지고, 나타나고. 그 밖에도 세라가 상상해본 적 없는 능력이 펼쳐졌다. 그리고 그들은 그걸 보며 배시시 웃고나 있었다. 능력은 서로 부딪히며 폭발했고…… 그걸 보며 저들은 또 잔뜩 신나하고……. 바깥에서는 전쟁이 한창인데 그들은 천장이 뜯겨나가고 사람들이 옆에서 죽어나가는 것도 모르는 채 잔뜩 취해 있었다. 혼미하고 혼탁한 눈동자는 넋을 놓은 지 오래된 것처럼 보였다.

"지하 환락가에서는 흔히 볼 수 있는 광경이었어. 이런 거주 구역에서도 저럴 줄은 몰랐지만."

드오가 그들을 흘끗 보고는 이를 꽉 깨물었다. 드오도, 온가도, 세라도 저들의 모습을 보며 분노를 느꼈다.

누군가에게는 너무도 필요한 능력이었다. 가질래도 가질 수 없었다. 그런데 정작 가진 사람들은 그걸 제대로 활용조차 하지 않고 있었던 것이다. 세라에게 절실했던 초능력들은 그저 환락과 유희 거리로 전락해 있었다.

"우리는 바로 근원으로 갈 거야. 너는?"

세라도 바로 근원으로 갈 참이었다. 우선 강해진 뒤에 염을 만나는 쪽이 좋을 것 같았다. 그렇게 결정하고 이동하려는데 킹덤이 소란스러워졌다. 드오는 구석진 곳으로 차를 피했다.

방금까지 세 사람이 있던 도로가 솟구쳐올랐다. 부서진 도로 파편이 근처 건물을 향해 날아갔다. 세라의 눈이 그 궤적을 쫓았다. 총알처럼 빠르게 날아간 파편은 건물 외벽을 통과해 사라졌다. 머지않아 건물 안에서 사람들의 비명이 들려왔다. 세라의 심장이 쿵쿵 뛰었다.

어디선가 제복을 입은 무리가 나타났다. 그들은 건물 안으로 들어가더니 몸에 파편이 박힌 사람들을 끌고 나왔다. 다친 무리는 멀끔한 제복을 갖춘 무리와는 달리 잔뜩 해지고 낡은 옷을 입고 있었다. 한눈에 봐도 저들은 바깥에서 왔다는 12입구 문지기가 말한 벌레들, 무능력자들이었다.

제복 무리 중 한 사내가 무능력자들을 향해 주먹을

쥐자 건물 앞에 널브러져 있던 무능력자들이 한데로 뭉쳐졌다. 발버둥 쳐봐도 소용없었다. 그들은 사내의 주먹에 움켜쥐어진 듯 꼼짝도 못 하고 하나의 뭉치가 되어 사내의 손이 움직이는 대로 이동했다. 그가 주먹을 한 바퀴 돌리면 뭉치는 마치 공처럼 공중에서 한 바퀴 돌려졌다.

"끌고 가."

"네."

사내는 높은 직급으로 보이는 제복에게 경례를 표한 뒤 차에 올라탔다. 여전히 주먹을 쥔 채였고 무능력자 더미는 차 위에 둥둥 떠 있었다. 차에 시동이 걸렸다.

"이봐, 조심해!"

누군가 차에 탄 사내들을 향해 소리쳤지만 이미 늦었다. 어디선가 거대한 건물 잔해가 보닛 위로 떨어졌다. 순식간이었다. 누군가 그곳에 건물 잔해를 떨어뜨리고 사라졌다. 사내가 이마에서 피를 흘리며 차에서 내리자마자 자동차는 폭발했다. 무능력자들은 이런 상황에서도 꽉 쥐고 있는 사내의 주먹이 휘둘리는 대로 바닥을 나뒹굴며 더 큰 상처를 입었다.

"옥상 위입니다!"

습격의 주인공이 옥상 위에 나타났다. 제복 무리가

분주하게 움직였다. 다시 파편이 옥상을 향해 총알보다 빠른 속도로 날아갔고 건물이 뒤틀리기 시작했으며 그 주변으로 결계가 쳐졌다. 하지만 옥상 위에 나타난 사람은 또 순식간에 사라졌다. 눈 깜짝할 새였다. 하지만 세라는 모든 광경을 똑똑히 보았다. 염이었다.

염은 보닛에 내리꽂힌 건물 잔해 위에 나타났고, 잔해는 염과 함께 사라졌다가 주먹을 쥐고 있는 사내 위로 나타나더니 이번에는 염과 무능력자 더미가 사라졌다. 부서진 건물 일부가 그대로 추락했다.

곧바로 구조대로 보이는 사람들이 나타났다. 제복 무리는 사라진 염을 추적하기 시작했다. 저들보다 세라가 먼저 찾아야 했다. 세라는 달리는 차에서 그대로 뛰어내렸다.

"미쳤어!"

드오가 재빨리 차를 세웠다. 뒤따라 내린 온가가 세라를 겨우 잡아챘다. 세라의 온몸이 상처투성이였다.

"너 지금 저기로 나가면 죽어. 우리 여기 몰래 들어온 거야. 지금 상태로는 개죽음당할 뿐이야."

"맞아, 그렇지."

세라는 염이 사라진 자리에서 눈을 뗄 수가 없었다. 주먹을 쥐고 있던 사내는 형체도 알아볼 수 없게 짓눌려버렸다. 염이 저런 일을 벌였다.

"너희 먼저 근원으로 가."

"괜찮겠어?"

온가가 걱정스레 물었다.

"응, 걱정 마. 각자 해야 할 일이 있잖아. 너희에겐 시간이 얼마 없고, 그건 나도 마찬가지인 것 같네."

또다시 수많은 능력자가 나타났다. 어디선가 염이 모습을 드러낸 게 분명했다. 커다란 굉음이 들려왔다.

"잠깐만 기다려."

온가는 금방이라도 전장으로 달려가려는 세라를 붙잡았다. 그러곤 재빨리 보사가 건넨 지도를 똑같이 그려 건넸다.

"조심해."

"너희도."

쌍둥이는 근원을 향해, 세라는 연기가 치솟아 오르는 곳을 향해 나아갔다.

세라가 달려간 곳에는 전투가 한창이었다. 염은 공중에서 띄엄띄엄 모습을 드러냈다. 언제부터 염이 허공을 날아다니는 능력을 갖게 된 걸까. 염은 공간을 자유자재로 이동했다. 착륙은 필요 없었다. 준비 시간도, 별도의 발동 조건도 필요 없었다. 언뜻언뜻 보이는 염은 눈으로 쫓을 수도 없는 수준이었다.

이전에 보았던 염과 또 다른 사람이 된 것 같았다.

주변 건물들은 염이 무기로 쓸 수 없게끔 녹아내렸고, 땅은 끈적했다. 일전에 군락에서 보았던 전기 파선이 일대를 에워쌌다. 염을 바깥으로 이동하지 못하게 가둔 것이었으나 염이 능력을 시전한 능력자의 팔을 단숨에 짓뭉개버리는 바람에 무용지물이 되었다. 염을 잡기 위한 덫이 공중에 마구 설치되었다. 염이 잠깐이라도 덫에 걸리면 행동을 멈추게 할 셈인 듯했다. 다시 전기 파선이 염의 이동 범위를 제한하자 염을 향한 맹공격이 쏟아졌다. 염은 점차 덫으로 몰렸다. 모든 공격을 피하고 있으나 버거워하는 게 눈에 선연했다. 염이 지나가는 자리마다 땀방울이 비처럼 흩뿌려졌다. 그리고 마침내 염은 덫에 발목을 붙잡혔다.

"염!"

세라는 염과 눈이 마주쳤다. 그러나 차가운 푸른 눈은 이내 거기서 사라졌다.

"저게 무슨!"

덫을 설치한 능력자들이 웅성거렸다. 염이 다시 나타났다.

그럴 수가 없었다. 한번 덫에 걸리면 능력 발동자가

풀어주지 않는 한 헤어 나올 수 없었다.

그런데 염은 그곳에서 빠져나왔다. 멀쩡한 모습으로. 공격에 입은 상처도 몽땅 사라진 채.

"다시 해보자고."

다시 염과 킹덤 간의 전투가 이어졌다.

"염!"

무언가 이상했다. 세라가 염을 부를 때마다 염은 세라를 흘끗 쳐다만 보며 거슬린다는 듯 인상을 썼다. 세라가 방해된다는 건 알았지만 원래의 염이라면 세라를 데리고 대피하거나, 하다못해 당장 세라에게 화를 냈을 것이다. 그런데 세라를 바라보는 염의 눈빛은 애초에 모르는 사람을 보는 것처럼 무미건조했다. 설마. 그럴 수는 없었다. 염이, 세라를 잊었을 리가 없었다.

염을 쫓던 능력자들은 세라로 표적을 바꿨다. 염을 잡을 인질로 쓸 셈이었다. 세라는 단숨에 붙잡히고야 말았다. 군락에서 겪었던 것처럼 세라는 공중으로 들렸다. 곧이어 돌풍이 세라를 휩쓸며 허공을 가로질렀다. 몸이 가눠지지 않았다. 설치해둔 수십 개의 덫에 걸려가며 세라는 몸이 짓눌리고 짓이겨지고 찢어지고 부서지고 터지고 무거워지고 사라지는, 수많은 감각을 느꼈다. 또 한 번 능력자의 손에 의해 공중을 가르던 세라는 염과 충돌했다. 염은 그대로 순간이동 했다.

정신을 잃었던 건지, 눈을 떠보니 세라는 어느 빈집의 침대에 누워 있었다. 푹신한 매트리스와 이불, 베개가 포근하게 세라를 감쌌다. 세라는 다시 잠이 들려는 정신을 겨우 다잡고 몸을 일으켰다. 팔다리에 상처를 치료한 흔적이 있었고, 얼굴을 더듬으니 얼굴에도 상처가 났는지 손이 닿는 곳마다 따가웠다. 그제야 온몸이 욱신거렸고 무슨 일을 겪었는지, 누굴 만났는지 생각나기 시작했다.

세라는 서둘러 침대에서 내려오다 다리에 힘이 풀려 넘어졌다. 상처에서 피가 찔끔 새어 나왔다.

“일어났네.”

등 뒤로 염이 나타났다. 염은 건조한 얼굴로 팔짱을 끼고 삐딱하게 선 채 세라를 내려다봤다.

“너, 일주일 만에 깨어났어.”

“일주일이나?”

대충 고개를 끄덕이는 염은 걱정보다는 귀찮거나 거슬린다는 표정을 짓고 있었다.

“염, 너는 괜찮아?”

염은 옷이 조금 찢어지고 흉터가 있긴 해도 크게 다

친 흔적은 없어 보였다. 그렇다고 괜찮다고 할 수는 없었다.

"근데 너, 내 이름을 어떻게 알지? 설마 킹덤 녀석이냐?"

세라는 제 귀를 의심했다. 다른 사람도 아니고 세라에게 킹덤 사람이냐니, 이름을 어떻게 아느냐니. 저 넓은 사막에서 염의 이름을 가장 먼저 알고 제일 많이 내뱉은 사람이 세라와 야보였다. 검푸른 눈동자가 너무도 차가웠다.

"내가 누군지 기억 안 나? 야보는? 야보도 기억 안 나?"

세라가 떨리는 목소리로 물었다.

"누군데?"

세라는 믿을 수가 없었다. 염이 떠난 지 고작 이 주 정도였다. 그사이에 세라를 잊었을 리가 없었다. 그렇게 빨리 진행되었을 리가 없었다. 지난 시간에 비해 염이 겪은 대가가 너무 컸다. 세라와 야보를 몽땅 잊을 정도라면 염은 대체 얼마나 많은 힘을 쓴 걸까. 다 잊었는데도 염은 왜 여태 이러고 있을까. 세라는 눈물이 날 것만 같았다. 세라가 생각했던 어떤 상황보다도 최악이었다. 오히려 세라가 겪는 대가 같기도 했다.

"킹덤에서 나가. 네가 있던 곳으로 돌아가. 여긴 너 같은 녀석이 올 곳이 못 돼."

"너는?"

다시 능력을 쓰려던 염이 멈춰 섰다.

"나는 여기 있어야 돼."

"왜? 너는 왜 여기에 있는데? 아무것도 기억하지 못하는데 왜 여기에 있는 거야?"

세라는 염의 바짓가랑이를 붙잡듯 말을 쏟아냈다. 세라의 말을 듣던 염의 눈이 점점 공허해졌다.

"그러니까……."

"어?"

"그런데 해야 해. 왜 내가 이러고 있냐고? 몰라. 그런데 나는 이 새끼들을 다 처단해야 돼. 킹덤을 무너뜨려야 해……."

염은 초점 잃은 눈으로 웅얼거리기 시작했다. 세라가 알아들을 수 없을 만큼 작게, 끝없이 중얼거렸다.

"그러니까 왜……."

그렇게 묻는 세라의 마음은 그 어느 때보다 절박했다. 계속해서 킹덤을 파괴해야 한다고, 그러나 그에 대한 의문을 표하는 염에게는 맹목적인 목적만이 남아 있었다. 이유도 잃은 채. 이걸 원한 건 아니었다.

"그러니까…… 왜……."

염은 두 눈을 질끈 감았다. 두통이 생기는지 관자놀이를 잠시 짚더니 이내 창밖으로 뛰쳐나갔다. 세라가 염을 부르며 창가로 따라갔으나 이미 염은 사라진 뒤였다.

왜 이렇게 되었을까. 염은 너무 많이 변해버렸다. 염이 떠난 자리에는 핏자국이 남아 있었다. 염의 것인지 타인의 것인지 알 수가 없었다. 하지만 염의 모습을 떠올려보았을 때, 피는 다른 능력자들의 것일 확률이 높았다. 염은 변했다. 바뀌었다. 힘이 염을 그렇게 만든 걸까, 세상이 염을 그렇게 만든 걸까. 아무리 생각해도 염을 이렇게 만든 건 세라였다. 무능력자 세라가 염을 이런 상황으로 몰아붙였다. 세라는 눈을 질끈 감았다 떴다. 멀지 않은 곳에 산봉우리가 보였다. 근원의 산이었다.

세라는 서둘러 집을 빠져나왔다. 마음이 조급했다. 어쩌면, 세라가 하루만 일찍 왔어도 염은 세라와 야보의 일부나마, 아주 조금이나마 기억하고 있었을지도 몰랐다. 어쩌면 하루도 아니라 반나절, 어쩌면 한 시간, 어쩌면 일 분……. 세라는 산을 향해 나아갔다. 염이 눈치채지 못할 만큼 아주 작은 부분이라도 세라와 야보의 흔적이 남아 있기를 바라며.

산으로 가는 길에도 여기저기 사람들이 널브러져

있었다. 누군가는 정신을 잃은 채 쓰러져 있었고 또 누군가는 이미 죽어 있었다. 염의 짓은 아니었다. 그렇다고 해서 모르는 능력자의 짓도 아니었다. 드오의 짓이었다. 나동그라진 사람들 주변에 거대한 구슬이 굴러다녔다. 어느 것은 사람 키만 했고 어느 것은 집채만 했다. 쌍둥이의 판매점에서 보았던, 고작 벽장에 진열되는, 커봤자 양손에 잡히는 구슬과는 크기부터 달랐으며 구슬 안에서 능력이 휘몰아치는 힘의 크기도 차원이 달랐다. 산과 가까워질수록 구슬의 수는 점점 많아졌다. 드오가 더 많은 초능력을 뺏을 수 있게 된 게 분명했다. 과연 드오는 보사의 능력을 찾았을까. 세라는 산을 향해 계속 달렸다. 곧 산 초입이었다. 근원이 멀지 않았다.

산 초입에 도착한 세라는 지도를 펼쳐 산을 오르기 시작했다. 보사의 기억대로 산은 야트막했다. 경사가 가파르지도 않았으며, 한때 개울이 있던 자리가 희미하게나마 남아 있었다. 세라는 지도에 그려진 개울과 연하게 남은 물길의 흔적을 따라 올라갔다.

보사가 떠난 지 오랜 시간이 지났는데도 산은 크게 변하지 않았다. 보사와 친구들이 이곳을 떠난 이래로 산 주위에 쳐진 결계는 어떤 능력자도 파훼하지 못했다. 그리고 두 해 전, 결계를 시전한 능력자가 명을 다했다. 염이 군락을 떠났을 시기였다. 그리고 그때는 이미 능력자들이 결계 푸는 것을 포기하고 산을 산 자체로, 이곳을 일종의 상징적인 존재로 남겨두기로 결정한 뒤였다. 결계 속에서 유지되었던 산을 제외하고 이 세계에 이제 산은 없었기 때문이다.

지도에 표시된 산 중턱까지는 금방이었다. 개울 자국은 더는 보이지 않았다. 세라는 주변을 둘러보다 발자국을 발견했다. 온가나 드오의 발자국일 게 분명했다. 세라는 발자국을 따라갔다.

얼마 지나지 않아 멀찍이 인영이 보였다. 땅바닥에 몸을 웅크리고 있어 정체를 알 수가 없었다. 온가나 드오가 아닐 수도 있었다. 세라는 조심스레 다가갔다. 가까이 다가가 보니 그는 땅바닥에 몸을 웅크리고 있는 게 아니라 쓰러져 있는 듯했다. 움직임이 느껴지지 않았다. 설마 죽은 걸까. 몇 발짝 더 다가가고 나서야 세라는 그게 온가라는 걸 알아챘다. 길고 붉은 머리카락은 그녀 코앞의 샘, 근원에 담겨 있었다.

“온가, 온가!”

세라가 온가를 흔들어봐도 온가는 깨어나지 않았다. 아직 숨은 붙어 있었다.

“무슨 일이 있었던 거야…….”

세라는 눈앞의 근원을 바라보았다. 근원의 모습은 어딘가 이상했다. 물은 흙탕물처럼 뿌연 것을 떠나 마치 썩어버리기라도 한 것처럼 거무튀튀했다. 반쯤은 흙과 돌에 덮여 있기까지 했다. 꼭 망가진 것 같았다. 어쩌면 염도 온가도 망가진 근원에 들어가서 이상해진 걸지도 몰랐다.

세라가 근원 앞에서 망설이고 있을 때 수풀 사이로 드오가 모습을 드러냈다.

"드오! 온가가 정신을 못 차려. 드오?"

하지만 드오는 세라와 온가를 거들떠보지도 않고 초점 잃은 눈으로 터벅터벅 근원을 향해 걸어갔다. 그리고 그대로 근원에 발을 내딛더니 깊숙한 심연으로 빨려 들어갔다.

드오가 돌아오기까지는 오랜 시간이 걸리지 않았다. 근원에서 떠오르듯 위로 올라온 드오는 근원 밖으로 발을 내딛고는 멍하니 서 있었다. 무기력하게 눈을 끔뻑이더니 다시 근원으로 들어갔다. 다시 나오고, 또다시 들어가고, 또다시 나오기를 몇 번이고 반복했다.

"드오, 뭐 하는 거야!"

세라는 다시금 근원으로 들어가려는 드오의 팔을 붙잡았다. 드오는 아주 느리게 세라의 손을 내려다보더니 천천히 시선을 세라에게로 옮겼다. 붉은 눈동자가 순간 새빨갛게 번뜩였다.

"붕어빵 만들기. 필요 없어."

그러고는 온가를 향해 시선을 옮겼다.

"초능력 주기……?"

조금 생각하는 듯하더니 드오는 고개를 저었다.

"내가 찾는 건 이게 아니야."

그러더니 드오는 산을 다시 내려갔다. 세라는 드오를 잡을 수가 없었다. 드오의 힘은 분명 강해졌다. 더 큰 능력을 앗을 수 있게 되었고, 쳐다보기만 해도 상대방의 능력을 읽을 수 있게 되었다. 그리고 세라가 산으로 오는 길에 보았던 수많은 구슬로 미루어보았을 때, 드오는 계속해서 능력을 사용한 게 분명했다. 그리고 너무도 빨리 온가를 잊어버렸다.

세라는 온가를 계속해서 흔들어 깨웠다. 머지않아 온가가 힘겹게 눈을 떴다.

"정신이 들어? 무슨 일이 있었던 거야?"

"세라……."

온가가 눈물을 글썽였다.

"나는 여기서 능력을 쓸 수가 없어……."

온가의 관자놀이를 따라 눈물이 천천히 흘렀다.

온가도 드오와 함께 근원에 들어갔다 나왔다. 온가의 힘도 증폭되었다. 온가는 느낄 수 있었다. 더 큰 힘을 타인에게 줄 수가 있었다. 하지만 동시에 온가는 비능력자가 되어버렸다. 킹덤에는 능력을 받을 비능력자도 더 좋은 능력을 받을 무능력자도 없었으며, 혹여나 있다 한들 온가가 그걸 줘야 할 이유는 하등 없었다. 그러니 온가가 이곳에서 할 수 있는 건 아무것도 없었던 것이다. 드오는 자신이 모든 걸 해결하겠다며 계속해서 근원에 들어갔고, 종내에는 염이 그랬던 것처럼 온가를 잊게 되었다. 보사까지도. 그에게 남은 건 어떠한 능력을 찾아야 한다는 기계적인 입력만 있을 뿐, 그게 어떤 능력인지, 왜 찾아야 하는지는 순식간에 잊어버렸던 것이다.

"나는 이제 쓸모가 없어."

그 말을 끝으로 다시 정신을 잃은 온가의 마음은 이미 망가져버렸다.

세라는 다시 근원을 내려다보았다. 검은 샘은 깊은 수렁 같았다. 근원에 들어갔다 나온 사람 중 멀쩡한 사람은 아무도 없었다. 모두 근원처럼 망가져버렸다.

"그래도."

하지 않을 수가 없었다. 언제부터 근원이 이렇게 되었는지는 알 수 없었다. 하지만 온가도 드오도 어쩌면 염도, 근원이 망가졌다는 걸 알면서도 계속해서 들어갈 수밖에 없었을 것이다. 더 강한 힘을 얻기 위해서는 그 방법뿐이었으니까. 세라도 마찬가지였다. 세라는 눈을 감고 웅덩이 속으로 뛰어들었다.

몸이 근원의 심연으로 빨려들어갔다. 몸은 젖지 않았다. 살며시 눈을 떠보니 주변은 온통 검붉은빛과 짙은 보랏빛으로 일렁였다. 무의 공간처럼 아무것도 없어서, 세라는 거대한 붕어빵의 배 속에 들어온 것만 같았다. 부작용으로 팥의 일부가 되어버린 것이다. 물론 그럴 리는 없었다. 세라는 고개를 젓고 다시 주변을 둘러보았다. 아무것도 없었다. 알 수 없는 기운이 주변을 에워쌌다. 그래서일까, 기운 자체에 들어왔다는 느낌이 들었다. 세라는 그게 능력의 원천쯤이 될 거라고 생각했다. 정말 근원 속이었다. 여기서 어떻게 능력을 키운다는 걸까. 세라는 팔다리를 쓱쓱 움직여보았다. 몸이 부유하듯 이동했다. 세라는 한참이나 공간을 유영했다.

—붕어빵.

세라는 갑작스러운 목소리에 화들짝 놀랐다. 모든 공간에서 소리가 울렸다.

—내 순박한 힘, 붕어빵이구나.

"네, 맞아요. 제가…… 붕어빵이에요."

세라는 목소리의 주인공이 근원의 주인임을 눈치채고 괜히 심통 난 목소리로 대답했다. 순박하다는 수식어가 마음에 들지 않았다.

—그래, 붕어빵아……. 어떤 힘을 원하니…….

"세상을 구원하는 힘을 주세요. 맛있는 붕어빵 만들기 같은 건 필요 없어. 나한테 능력을 준 게 당신이라면, 내가 다시 기회를 줄게요. 이건 아니잖아. 그러니 제발 세상을 구원하는 힘을 주세요."

—그래…….

목소리가 공간을 웅웅 울리더니, 모든 공간이 빛나기 시작했다. 세라는 문득 배가 아파왔다. 능력의 시작점이, 배꼽 아래의 단전이. 그곳에 옹골찬 힘이 들어차는 게 느껴졌다. 힘은 끝없이 밀려들어왔다. 사방의 빛이 모두 세라에게 스며들고 있었다. 고통스러웠다. 온몸에서 능력이 흐르는 게 느껴졌고, 그래서 모든 감각이 선명했고, 그래서 아팠다. 더 이상 고통을 참지 못할 것 같을 때, 마지막으로 목소리를 들었다.

—너는 근원의 힘을 망치지 말거라.

세라는 위로 솟구쳤다. 옆에 온가가 쓰러져 있었다.

세라는 손을 내려다보았다. 손이 뜨거웠다. 이 손으로 무엇이라도 해낼 수 있을 것만 같았다. 세라는 눈앞에 보이는 바위를 향해 손을 뻗었다. 손이 저리고 아리고, 피가 부글부글 끓는 느낌이 나더니 능력이 폭발하듯 터져 나왔다. 세라는 기운을 버티지 못하고 뒤로 나동그라졌다. 달라졌다. 달라졌어. 세라는 흥분된 마음으로 바위를 쳐다보았다. 그곳에는 아주 거대한 붕어빵이 있었다.

"뭐?"

눈이 잘못된 것일까, 바위가 붕어빵으로 변해 있었다. 믿기지가 않아서 세라는 그 옆의 나무를 보며 능력을 발동했다. 기다란 붕어빵이 생겨났다. 이번에는 작은 돌멩이를 향해 능력을 썼다. 그러자 작은 붕어빵이 덩그러니 나타났다.

미쳤다. 단단히 미친 거다. 증폭된 힘이 '아무것도 없는데 붕어빵을 만들 수 있게 됨' 따위라니. 말도 안 되는 거였다. 이래서는 안 되는 거였다. 세라는 하다못해 딱딱한 붕어빵이라도 만들 수 있게 될 줄 알았다. 하지만 이 붕어빵들은 그냥 붕어빵이었다. 그냥, 그냥, 진짜 맛있는 붕어빵을 재료 없이도 언제든지 만들 수 있게 된 거였다.

"왜! 왜! 왜! 왜!"

절망적이었다. 세라는 근원 주변을 주먹으로 마구

내리쳤다. 차라리 손이라도 망가지기를 바랐다. 하지만 근원을 뒤덮고 있는 돌과 흙을 내리칠 때마다 그것들은 붕어빵으로 변했고, 세라가 근원을 두들기자 근원은 밀가루 반죽처럼 축축해져버렸다. 그 위를 계속 내려치니 밀가루 반죽 일부는 팥앙금이 되었고, 그걸 또 부서져라 때리니 끝내 근원은 붕어빵이 되어버리고야 말았다.

힘은 사람을 바꾼다더니, 세라는 그마저도 얻지 못했다. 야보를 잊을 기회도 얻지 못했다. 차라리 능력을 주지 말든가. 더 이상의 개미지옥도 수렁도 없을 거라고 생각했는데 그보다 더한 게 있었다. 붕어빵지옥. 팥지옥. 밀가루반죽지옥. 세라는 그것들에 단단히 묶여버리고 말았다.

"내가 뭘 그렇게 잘못했어? 왜 하필 붕어빵이야? 왜! 왜 하필 붕어빵이냐고!"

원망스러웠다. 하지만 원망할 대상도 없었다. 굳이 고르자면 세라 자신이었다.

"애초에 시작하지도 말걸. 그냥 군락에서 얌전히 살걸."

참지 못하고 눈물이 터져 나왔다.

"하지만 그렇게 살아가면 야보를 구할 수가 없는데."

그리고 이제는 진짜 야보를 구할 수가 없게 되었다. 붕어빵으로는 아무것도 할 수 없었다. 이 세상을 온통 붕어빵으로 바꾼다고 해서 달라질 건 하나도 없었다. 여름은 끝나지 않을 것이고 고장 난 야보도 되돌아오지 않을 것이다.

펑.

싸움은 계속되고 있었다. 원래대로라면 새 힘을 가지고 염을 도울 예정이었겠지만 세라는 산 중턱에 주저앉아 망연히 킹덤을 바라보았다. 주변에 가득한 붕어빵도 함께 킹덤을 내려다보았다.

불길이 치솟았다. 공중에 염이 나타났다 사라지기를 반복했다. 어쩌면 염이 해내줄지도 몰랐다. 킹덤을 물리치고 세상을 구할 수 있을지도 몰랐다. 애초에 염이 해결할 수 있었을지도 몰랐다. 염에게 모든 걸 떠맡기고, 염을 저 진창으로 떠밀어넣은 뒤 가만히 기다리면 해결될지도 몰랐다. 모든 기억을 잃은 염은 다시는 돌아오지 않겠지만. 빰을 타고 눈물이 흘렀다. 끝내 무력해졌다. 여전히 붕어빵밖에 만들 줄 몰라서, 세라는 그저 염의 전쟁을 관망했다.

염은 불길 속을 헤쳤고, 그 뒤를 따라 너무 많은 능력자들이 염에게 총공격을 쏟아부었다. 수적으로 염이

불리했다. 세라는 제 양손과 아주 작은 염을 번갈아 보았다. 그때 염과 똑같은 타이밍, 똑같은 위치에 넝쿨이 나타났다. 염은 미처 피하지 못하고 그대로 넝쿨에 걸려들었다. 넝쿨은 염의 몸에서 자라나듯 줄기를 뻗어 염을 마구 감쌌다. 킹덤에 함성이 울려 퍼졌다. 염은 빠져나오지 못했다. 거대한 넝쿨이 염의 몸을 계속해서 옭아맸다. 능력 사용이 제한된 것 같았다. 위험했다. 세라의 눈동자가 번뜩였다. 그러자 염을 둘러싸고 있던 넝쿨 줄기는 밀가루 반죽이, 잎사귀들은 붕어빵이 되어 힘없이 떨어졌다. 염이 사라졌다.

세라는 얼떨떨했다. 염에게 오는 공격을 붕어빵으로 만들어버릴 수 있는 걸까? 적어도 실체가 있는 피격이라면.

거기 가서 할 수 있는 게 뭐냐고, 붕어빵 먹이기? 라던 온가의 말이 불현듯 떠올랐다. 세라는 두 가지를 할 수 있었다. 첫째는 공격을 붕어빵으로 만드는 것이고, 둘째는 붕어빵을 먹이는 것이다. 왜 그 생각을 못 했을까. 세라의 붕어빵을 먹고 기억을 되찾던 크사르의 사람들처럼, 어쩌면 염도 세라의 붕어빵을 먹고 다시 잊더라도 조금이나마 기억을 찾을지도 몰랐다. 염을 도울 수 있었다.

세라는 재빨리 산을 내려갔다. 발을 헛디뎌 한 번 구르기도 했다. 겨우 몸을 일으켜 산을 내려와 왔던 길을 가로질렀다. 그렇게 한참을 달리던 세라 앞으로 돌연 염이 나타났다.

“너야? 아까, 그거.”

염의 숨이 턱 끝까지 차 있었다. 온몸은 만신창이였고 성한 데가 없었다.

“맞아, 내가 했어.”

“왜 아직 여기에, 있어? 너 같은 애가, 있을 수, 있는 데가 아니라니까.”

염은 겨우 숨을 고르고 말을 이었다.

“여기서 네가 죽으면 그건 누가 알아줘? 아무도 몰라. 개죽음이야.”

“그렇다고 널 죽게 내버려둘 수는 없어. 너 혼자 모든 걸 하게 내버려둘 수는 없다고. 내가 널 이렇게 만들어버렸는데……. 널 구하지 못하면 나는 야보를 볼 면목이 없어. 뭣보다, 널 구하지 못하면 우리 계획은 다 실패로 돌아가.”

“계획?”

“네가 하고 있는 그거. 왜 하는지도 모르고 하는 그거. 킹덤을 부수고 세상을 되돌리는 거, 구원하는 거.”

세라는 근처에 있는 아스팔트 조각을 집어 들었다. 사나운 조각은 세라의 손안에서 반죽마냥 흐물흐물해지더니 금세 모양을 갖춘 붕어빵이 되었다. 첫 붕어빵을 만들었을 때처럼, 세라는 뜨거운 붕어빵을 염에게 건넸다. 먹어. 힘이 될 거야. 연기가 모락모락 피어올라 염에게로 향했다. 고소한 단내가 퍼졌다. 미심쩍은 얼굴로 세라와 붕어빵을 바라보던 염은 처음에는 거리끼는 듯 보였으나 코끝을 자극하는 냄새를 이기지 못했다. 배가 고프기도 했을 것이다.

염은 꼬리부터 먹었다. 경계가 가득하던 미간 주름이 옅어지고 얼굴이 점점 유하게 풀어졌다. 오물거리며 빠르게 움직이는 저 입을 세라는 잘 알고 있었다. 입에 맞는 음식이면 몇 번 씹지 않고 삼켜버리는 게 염이었다. 염은 세라의 붕어빵을 딱 세 번 씹고 삼켰다. 먹는 속도가 점차 빨라졌다. 세라는 붕어빵을 하나 더 만들어 건넸고, 염은 익숙하게 붕어빵을 받아먹었다. 염에게서도 붕어빵 팥 내가 났다.

"맛있네. 익숙한 맛이야."

염이 웅얼거렸다.

세라는 염의 표정을 유심히 살폈다. 맛있게 먹다가도 갸웃대는 고개. 무언가 떠올리는 듯 데굴데굴 굴러

가는 눈동자. 반복해서 킁킁 냄새를 맡는 코. 세라는 마음 한구석이 조마조마했지만 조급해하지 않기로 했다. 염을 믿기로 했다. 기억은 댕강 도려내졌을지라도 오랫동안 몸에 쌓이고 쌓였을 팥 냄새는 사람의 체향이 쉬이 변하지 않듯 염을 이루는 향료 중 하나였을 것이다. 세라와 야보와 염은 그 작은 집에서 얼마나 오래 팥 냄새를 뒤집어쓰고 살았던가. 얼마나 오래 찜통 같은 집에서 붕어빵의 팥처럼 살았던가. 그러니 분명 염은 돌아올 거라고 세라는 굳게 믿었다.

"아."

붕어빵을 먹다 말고 염이 멈칫했다. 앙다문 입가에 팥이 묻었다. 세라는 손을 뻗어 염의 입가를 닦아주었다. 염이 찬찬히 고개를 들었다. 짙은 남색 눈동자가 세라를 떠나지 않았다.

"안녕."

세라가 웃으며 염에게 인사했다.

"세라……."

드디어 염을 만났다.

염은 한참이나 세라를 응시했다. 하지만 평화롭게 재회의 시간을 가질 수는 없는 노릇이었다. 쾅, 염을 잡기 위한 폭격이 계속되고 있었다.

"가자. 같이하자."

세라가 염의 팔을 잡았다.

얼떨떨하게 세라를 보고 있던 염이 세라의 팔을 뿌리쳤다. 염은 혼란스러워 보였다. 갑작스레 밀려든 기억 때문인지, 돌연 눈앞에 나타난 세라 때문인지 염은 이마를 짚었다.

"아니지, 아니야."

염은 몇 번이고 중얼거리더니 세라를 똑바로 보며 말했다.

"안 돼. 돌아가, 세라. 너를 여기에 둘 수는 없어."

하지만 세라는 질 수 없었다.

"나는 갈 수 없어. 나도 너랑 똑같아. 네가 떠났을 때처럼, 나도 그 마음으로 여기까지 왔어."

염의 눈동자가 흔들렸다.

"물론 나는 너처럼 강한 힘을 갖지는 못했지만…… 조금 보탤 수는 있어. 너를 죽게 만들지 않을 수는 있어. 염, 제발……."

"하지만……."

세라는 염의 손을 꼭 붙잡았다.

"네가 받아들이지 않아도 나는 여기 남을 거야. 설령 네가 힘으로 나를 군락에 되돌려놓는대도 나는 다시 킹덤으로 올 거야."

"결국 내가 늦었구나."

염의 표정이 어두워졌다.

"그래……. 해결은 내가 할 거야. 내가 하기로 마음먹은 일이었어. 너한테 위험을 뒤집어씌우고 싶지는 않았어."

"나도. 마찬가지야."

염은 고개를 끄덕이며 마지못해 덧붙였다.

"무리하지는 마. 네가 사는 게 먼저야."

먹다 남은 붕어빵을 보는 염은 세라에게 '너는 붕어빵이니까'라고 말하는 듯했다. 그건 염의 책임감이면서 죄책감을 말하기도 했고, 동시에 세라의 무력함을 가리키기도 했다. 그 눈빛이 여전히 세라를 괴롭혔다.

염은 세라를 전장에서 조금 떨어지되 적당히 몸을 숨길 수 있고 바깥 상황이 잘 보이는 곳으로 피신시켰다. 그리고 돌아서는 염은 언제 그랬냐는 듯 다시 세라에 대한 기억을 싹 잊었다.

처음에는 제법 괜찮은 것 같았다. 세라는 염에게 가해지는 모든 물리적 공격을 붕어빵으로 바꾸었다. 붕어빵에 부딪치는 건 염에게 어떠한 해도 끼치지 못했다. 오히려 붕어빵이 터지며 온몸에 팥을 뒤집어쓴 염은 그

힘으로 더 빠르게 킹덤을 헤집어댔다. 염이 떠난 자리마다 팥 내가 남았고, 킹덤은 붕어빵의 열기로 후끈후끈하게 달아올랐다. 바깥 여름에 비하면 이 정도 더위는 염과 세라에게 아무것도 아니었으나, 오랜 시간 킹덤에서 시원한 바람을 맞으며 지냈던 능력자들에게는 치명적이었다. 그들의 옷은 땀으로 범벅이 되었으며 움직일 때마다 자리에는 땀이 비처럼 후두둑 쏟아졌다. 세라는 쉬지 않고 붕어빵을 만들어냈다. 더 거대하고 뜨거운 붕어빵이 여기저기 생겨났다. 능력자들은 자꾸만 나타나는 붕어빵에 진저리 치기 시작했고, 어느새는 붕어빵이 두렵게 다가오기까지 했다. 염은 공포의 붕어빵을 능력자들에게 내던졌다. 뜨거운 팥이 잔뜩 쏟아져 내렸다. 능력자들은 지옥의 팥앙금에 발이 묶여 허우적거렸다. 세라의 손끝이 뜨거웠다.

팥을 뒤집어쓴 능력자들 뒤로 또 다른 능력자 군단이 모습을 드러냈다. 군단이라 해도 그 수가 많지 않았다. 그들은 걷는 대신 공중에서 미끄러지듯 천천히 움직였다. 차가운 눈빛으로 주변을 둘러보더니, 자신들에게 날아오는 붕어빵을 손짓 하나 없이 없애버렸다. 붕어빵은 그 자리에서 사라져버렸다. 그러고 나서 몇 초 뒤, 한 사내의 손아귀에 붕어빵이 나타났다. 그는 붕어빵을 움켜쥐어 터뜨렸다.

"조력자를 찾아."

그의 한마디에 온 킹덤이 세라를 찾아 나서기 시작했다.

"별거 아닌 능력이다. 고작 붕어빵 만들기야."

세라의 능력을 단번에 간파한 또 다른 능력자는 사방을 한 바퀴 둘러보더니 정확히 세라가 있는 방향을 바라보았다. 멀리 있었음에도 세라는 분명 그와 눈이 마주쳤다. 눈빛이 세라를 옭아매는 듯했다. 도망가야 했다. 군단이 움직이기 시작했다. 세라는 자리를 뜨고자 했지만 시도조차 할 수 없었다. 왜 조금도 생각하지 못했을까. 이곳에도 순간이동 능력자는 있을 텐데. 세 명의 능력자가 세라를 에워쌌다.

"찾았습니다."

한 명만이 순간이동 능력자였다. 다른 이는 세라의 주변으로 결계를 쳤다. 세라는 결계를 붕어빵으로 만들어보려 했으나 손에서는 어떠한 힘도 느껴지지 않았다.

"소용없어."

딱딱한 목소리가 되돌아왔다.

"지켜보기나 해라. 네 친구가 발악하는 모습을."

뷰가 나쁘지 않습니다. 누군가 그렇게 덧붙였다.

세라는 텅 빈 손을 내려다보았다. 처음부터 아무것도 없던 손이었지만 이젠 정말 무엇도 없는 손이 되었다. 어떤 것도 붙잡을 수 없는 무력한 손.

모두 초능력자였다. 킹덤의 가장 최상위 계층에 위치한 권력자. 그들의 등장과 동시에 사물을 사용하는 능력자들은 전력에서 빠지고 자연현상과 초자연현상계 능력자들이 전방에 배치되었다. 그들의 눈짓과 손짓에 세라는 숨 쉴 수가 없었다. 멀리서 쓰는 힘인데도 능력 자체가 지닌 기운의 힘이, 중압감이 어마무시했다. 세라가 견딜 수 있는 정도가 아니었다. 세라는 비틀거리며 주저앉았다. 이제는 정말 세라가 할 수 있는 게 아무것도 없었다.

염은 지친 기색이 역력했다. 반격은커녕 피하는 게 고작이었다. 너무 많은 상처를 입었다. 상처를 치유하기 위해 염은 잠시 시간을 건너가려 했으나 그마저도 다른 시간관리자에게 걸려 실패하고 말았다. 도망칠 법도 한데 염은 물러서지 않았다. 방해하는 시간관리자들을 킹덤 밖으로 내보내고, 어떻게 해서든 틈을 찾아 시간을 되돌아가고 또 되돌아가며 몸은 치유되는 듯했으나 그건 외상이 깔끔하게 사라지는 것에 불과했다. 염은 점점 망가져갔다. 순간이동은 누군가를 해하는 능력이 아니었다. 그럼에도 염은 거대한 건물을 낙하시키고 타인을 이동시키거나 높은 곳에서 떨어뜨리며 푸른 눈동자를 번뜩였다. 염은 멈출 줄을 몰랐다. 초능력자는 끝없이 쏟아져나왔다. 그게 증식이라는 건 아주 나중에 알게 된 사실이었다. 염은 환각에 걸려 허공을 허우적거리기도 했고 애꿎은 데 몸을 부딪치기도 했다. 그래도 염은 멈추지 않았다. 불리하다는 걸 모르는 것도 같았다.

"아깝긴 하네. 좋은 힘인데."

세라의 곁에서 상황을 지켜보던 한 초능력자가 말했다.

"그런데 말이야, 구하러 와달라고 안 해? 왜 구하러 안 오지? 인질이 영 쓸모가 없는데요?"

그는 의아한 듯 고개를 갸웃거렸다.

"안 되는 걸 아나 보지."

또 다른 초능력자가 코웃음 치며 세라 대신 답했다. 세라는 대답하지 않았다. 염은 구하러 오지 않을 것이다. 분명 염에게도 세라의 상황이 전해졌을 테지만 능력을 쓰면서 다시 세라를 잊은 지 오래일 것이다. 씁쓸하게도. 염이 구해주기를 바라는 건 아니었다. 지금도 염이 살아남기를 바랐고 다치지 않기를 바랄 뿐이었다. 세라를 두고 야보에게 돌아가기를 바라는 마음도 여전했다. 하지만 힘은 사람을 바꾼다고, 염은 맹목적인 목적에 집어삼켜졌다. 완전히 사라져버린 것도 같았다. 염에게 남은 건 킹덤을 망가뜨려야 한다는, 사람을 해쳐야 한다는 상념뿐이었다. 저곳에 있는 건 목적뿐이었다.

"안타깝네."

초능력자가 세라를 보며 혀를 찼다.

"붕어빵이라……."

그는 그렇게 중얼거렸다. 세라는 그를 무시하기로 했다. 염이 세라를 구하러 오지 않는 건 오히려 잘된 일이었다. 위험 요소를 하나 덜어낸다는 의미이기도 했으니 말이다.

세라는 다시 염을 눈으로 좇았다. 어딘가 움직임이 굼떴다. 눈으로 따라잡기 힘들었던 이전과 달리 염의 행적이 눈에 익숙해진 것이다. 그리고 이내 염은 엉뚱한 곳에 불시착했다. 갑자기 초능력자 군단 한가운데 나타나더니 본인도 당황스러움을 금치 못했다. 금세 자리를 뜨기는 했으나 멀리 이동하지는 못했다.

어딘가 이상했다. 자유자재로 쉬지 않고 순간이동하던 염은 한참 동안 한곳에 머물렀다. 발이 묶인 사람 같았다. 때를 놓치지 않고 킹덤이 염에게 총공격을 쏟아부었다. 공격이 쉬지 않고 잇따랐다. 염은 아슬아슬하게 공격을 피했지만 그것도 멀찍이 달아나지 못하고 겨우 사정권 밖으로 나가는 정도였다. 위태로웠다. 아주 조금씩, 띄엄띄엄 움직였다. 이동하는 데 걸리는 시간도 눈에 띄게 길어졌다. 염의 능력에 이상이 생겼다. 초능력자들이 그걸 눈치채지 못했을 리가 없었다.

"됐다. 돌아가자. 이제 끝내신단다."

초능력자 중 한 명이 다른 초능력자에게 신호를 전해 받고는 세라의 결계를 풀었다. 세 사람은 나타났을 때처럼 순식간에 사라졌다.

어떻게 끝낸다는 걸까.

의문은 오래가지 않았다.

머리 위로 거대한 그림자가 드리워진다. 피할 수도 없을 만큼 커다란 규모의 그림자가 일대를 가득 덮쳐왔다. 정체를 알 수도 없다. 저 커다란 힘에 대적할 힘 같은 건 세라에게 없다. 저만큼의 규모는 붕어빵으로 만들 수도 없다.

세라와 염을 제외하고 모든 킹덤 사람들에게 결계가 쳐졌다. 저걸로 염과 세라를 한 번에 보내버릴 셈인 듯했다.

야보…….

세라는 야보의 얼굴을 떠올리기 위해 애썼다. 희미

하게 겨우 떠올린 얼굴은 마지막으로 봤던 파리한 야보였다. 새하얗게 얼어붙기 직전의 야보. 결국 염도 세라도 야보의 세상을 구하지 못했다. 야보를 영영 혼자 내버려두게 생겼다. 야보에게 언제쯤 이 소식이 닿을지 가늠이 되지 않았다. 소문은 늘 빨리 퍼졌으니 어쩌면 염과 세라가 이런 난리 속에서 마지막을 맞이하기 직전이라는 소식이 벌서 야보에게 닿았을지도 몰랐다. 차라리 염이라도 도망치지. 하지만 염은 아직도 마지막으로 이동한 자리에 머물러 있었다.

우리가 원한 건 이게 아니었던 것도 같다.

그림자가 점점 가까워졌다. 세라는 마지막으로 야보가 보고 싶어졌다. 야보의 얼굴을 열심히 떠올리니 눈앞에 야보가 보이는 것도 같았다. 제법 선명했다. 죽기 전에는 주마등이 지나간다더니, 지금이 그 순간이 모양이었다.

"세라!"

제법 생생했다. 야보의 목소리까지 들려오는 것 같았다. 게다가 얼마나 실감이 났느냐면, 혼자 힘으로 킹덤에 오는 것이 당연히 불가능한 야보가 이속의 등에 업혀 있었다. 제법 웃긴 환상이라고 생각하며 세라는 눈을 감았다. 나쁘지 않았다. 받아들이기로 했다.

"야!"

그런데 왜 이속의 목소리가 들리는 거야? 세라가 이속의 목소리를 떠올릴 리가 없었다. 그 재수없는 녀석의 목소리가 세라의 마지막일 이유가 하등 없었다.

"안 피하고 뭐 하냐!"

목소리가 점점 세라와 가까워졌다. 다시 눈을 뜨니 야보를 업은 이속이 빠른 속도로 세라에게 오고 있었다. 머리 위로 어둠이 와닿았다. 아무리 이속이 빠르다 한들 이걸 피할 정도는 아니었다. 애초에 모든 반격의 흔적을 짓눌러 없애버리고, 그 위에 새로운 킹덤의 역사를 재건하기 위한 공격이었다. 그러니 고작 이속이 피할 수 있을 리가 없었다. 야보도 물론이었다.

"안 돼!"

세라는 온몸에서 폭발하는 힘을 느꼈다. 혈관이 부글부글 끓는 것 같았다. 몸이 붉게 달아오르며 전신이 뜨거워졌다. 세라는 무의식적으로 손을 머리 위로 뻗었다. 손끝에 묵직한 무게감이 닿았다. 짓눌린다! 그 순간 킹덤의 마지막 공격은 거대한 붕어빵이 되었고, 무의식적으로 몸을 움직인 염이 세 사람을 데리고 제 은신처로 순간이동 했다. 네 사람이 떠난 자리에 거대 붕어빵이 큰 소리를 내며 팍! 터져버렸다.

염은 능력도 잘 써지지 않는 급박한 순간에 기억에도 없는 세 사람과 순간이동을 한 뒤, 쓰러지듯 잠에 들었다. 힘을 다 소진한 것 같았다. 이들이 이동한 곳은 일전에 염이 세라를 데려왔던 빈집이었다. 세라는 염을 침대에 눕혀주었다.

"위험할 뻔했다, 그치?"

거실로 나오니 담요를 둘둘 만 야보가 희게 웃고 있었다. 뭐가 그렇게도 좋은지 헤실헤실 웃는 모습에 세라는 화가 났다.

"어쩌자고 여기에 온 거야?"

세라는 이속을 홱 노려보았다. 이속은 어깨를 으쓱였다.

"나라고 하고 싶어서 한 줄 알아? 대장이 시키잖아. 야보 이 녀석이 가야겠다는데 어쩌겠냐."

이속이 말끝을 흐리며 야보를 바라보았다. 눈을 데굴데굴 굴리며 눈치를 보는 야보의 하얀 피부가 유난히 더 희멀게 보였다. 그날 이후로 이렇게 된 것 같았다. 혈색은 조금도 찾아볼 수 없는 모습은 꼭 죽음을 눈앞에 두고 있던 보사를 연상시키기도 했다.

화가 났지만, 무턱대고 이곳까지 온 게 대책 없어 보였지만, 여전히 세라는 야보를 미워할 수가 없었다.

모든 게 아무것도 바뀌지 않아서 일어난 일이었다.

세라는 야보를 꽉 끌어안았다. 금방이라도 얼어버릴 것처럼 차가웠다. 작은 체구에서 기침이 터져 나왔고, 그럴 때마다 얼음이 튀었다. 바깥보다 기온이 낮은 킹덤이었기에, 야보는 몸을 떨었다. 야보는 조금도 괜찮아지지 않았다.

강해지겠다던 세라도, 세상을 바꾸겠다던 염도 그 무엇도 해내지 못했다. 야보를 구하지 못한 것은 물론이었고 죽음의 문턱에서 세라와 염을 도리어 살려낸 건 야보였다. 오히려 야보가 세라와 염을 보기 위해, 두 사람을 구하기 위해 킹덤으로 왔다. 세라가 붕어빵이나 만들고 염이 모두를 잊어가는 동안, 야보는 그 몸을 이끌고 이곳까지 왔다. 세라가 제대로 강해지지도 못하는 동안 야보가, 거의 얼어가는 몸으로, 죽어가는 몸으로…….

"나는 괜찮아."

야보는 늘상 그렇게 말했지만 한 번도 괜찮은 적이 없었다. 지금도 마찬가지였다. 조금도 괜찮지 않은 야보의 손이 세라의 얼굴에 닿았다. 야보의 손끝이 닿은 곳마다 소름이 돋았다. 차가운 온도가 너무도 낯설었다.

야보는 세라도 모르는 새에 생긴 생채기를 하나씩 더듬었다. 매일 햇빛 아래를 돌아다니느라 가득하던 주

근깨 위로 상처 딱지가 앉았다. 팔에도 다리에도 찢어진 옷 사이사이로도 고생의 흔적이 묻지 않은 데가 없었다.

"나 때문에, 너희가 너무 고생이 많아서……."

세라가 아무것도 하지 못하는 무력감에 앓고 있는 동안 야보는 모든 순간, 자신이 세라와 염을 이 지경에 내몬 것 같은 죄책감에서 벗어나지 못했다.

"그러니 이제는 내가 할게."

"뭘 하겠다는 거야?"

비틀거리며 일어나는 야보의 옷깃을 세라가 다급하게 붙잡았다.

"조금 떨어져 있는 게 좋겠어."

야보는 창가로 다가가 창문을 열었다. 눈을 감고 주먹을 쥐었다. 입을 앙다물고 눈도 꽉 감았다. 온몸에 힘을 주자 담요를 벗어 던진 몸이 바들바들 떨리는 게 보였다. 야보의 온몸에서 흰 냉기가 뿜어져 나오기 시작했다. 육안으로도 보였다. 그건 야보에게서 시작해 킹덤 전역으로 퍼졌다. 순식간에 기온이 내려가고 세라는 생전 겪어본 적 없는 추위를 맞이했다. 킹덤 천장이 얼어붙고 금이 가더니, 영원히 이곳을 바깥과는 다른 세계로 구분할 것만 같던 돔이 깨졌다. 유리인지 얼음인지 모를 조각이 한바탕 쏟아지고, 세라는 태어나서 처음으로 눈을 보았다. 하얀 눈송이가 킹덤에 소복하게 쌓여갔다. 싸락눈으로 시작했으나 이내 더한 추위와 함께 폭설이 내렸다. 세상이 또 다른 국면으로 접어들기 시작했다. 여름이 끝나고 끝없는 겨울이 오고 있는 것 같았다.

"이 눈이 그칠 때면…… 바깥은 잠잠해질 거야……. 그때, 돌아가……."

"어디로 가라는 거야! 너는?"

야보는 대답하지 않았다. 세라는 야보가 말하는 '그때'가 야보가 모든 힘을 다 쏟아낸 뒤라는 걸 눈치챘다. 그러니까, 야보는 여기서 제 모든 능력을 걸고 세상이 아니라 세라와 염을 구하겠다는 거였다. 세라와 염이 하지 못했던 것을, 야보가 하겠다고. 어째서 야보가.

야보의 온몸에 서리가 앉았다. 세라는 서둘러 야보의 몸에 담요를 둘렀지만 담요로도 야보를 녹일 수가 없었다. 야보는 얼어갔다. 이미 죽은 사람처럼 온몸이 차가웠다. 세라는 야보를 강하게 끌어안았다. 부디 세라의 체온으로 야보가 녹기를 바랐으나 턱도 없었다. 도리어 세라의 혈관이 얼어붙기 시작하는 것만 같았다. 야보는 서서히 눈을 감았다.

온 세상이 하얗게 물들었다. 야보의 흰 피부처럼. 앞이 보이지 않을 만큼 눈보라가 강했다. 세상에 수두룩했던 고난 따위는 애초에 없었던 것처럼, 그 모든 것들을 지워버리기라도 할 셈인지 야보의 눈은 세상을 무자비하게 채색했다. 여름을 식히는 정도가 아니라 야보가 불러온 겨울은 세상을 새로 만들 셈인 듯했다. 눈은 어느덧 성인 허리께까지 쌓였다. 여태껏 본 적 없는 아름다운 풍경 속에서 능력자들이 죽어갔다. 한 번도 겪어본 적 없는 추위에 모든 능력기관이 얼어붙어갔다. 내쉬는 숨마다 서리가 맺히고 머리카락과 혈관 하나하나가 몽땅 결빙되었다. 야보가 그러듯이.

세라는 야보를 더 세게 끌어안았다. 제가 얼어붙어도 상관없었다. 이건 아니었다. 겨울이 오는 건 상관없었다. 이런 멸망도 괜찮았다. 세라의 진정한 멸망은 깨어나지 않는 야보에게 있었다.

"야, 어떻게든 해봐!"

이속이 이불을 두른 채 이를 달달 부딪쳤다.

세라의 멸망이건, 이 세계의 멸망이건, 이걸 멈추기 위한 유일한 방법은 야보가 깨어나 제 능력을 제대로 발휘하는 것뿐이었다. 어떻게 하지. 어떻게 해야 야보를 살릴 수가 있지. 추웠다. 추운 건 괜찮았다. 상관없었다. 야보만 산다면. 좀체 방법이 떠오르지 않았다. 세라는 무어라도 붙잡을 심정으로 바깥을 내다보았다. 살아 있는 초능력자가 있다면 그의 힘이라도 빌릴 셈이었다. 하지만 세상은 온통 희멀걸 뿐이었다. 막막하게도 폭설에 가려 아무것도 보이지 않았다. 세라는 바람이 휘몰아치는 풍경을 한참 내다보았다.

그때, 세라는 폭설 틈으로 무언가를 발견했다. 멀찍이 눈에 뒤덮이지 않은 무언가가 있었다. 눈을 찌푸리고 자세히 살펴보니 붕어빵이었다. 정확히는 그저 세라가 바깥을 응시하다가 저도 모르게 만들어버린 붕어빵이었다. 붕어빵의 등 위로 눈이 소복하게 쌓이다가도 금세 눈은 녹아내렸다. 연기가 피어오르는 것도 같았다. 그것만이 유일하게 눈 속에서 제 모습을 고수하고 있었다. 저거다.

세라는 주변에 있는 모든 물건을 붕어빵으로 만들기 시작했다. 한입에 먹기 좋은 붕어빵들이 쌓였다. 세라는 그걸 으깨 야보의 입에 밀어 넣었지만 야보는 꿈쩍도 않았다. 입술은 여전히 차가웠고, 오히려 야보의 입 주변에 덕지덕지 묻은 으깬 붕어빵이 차갑게 식어버렸다. 세상이 조금도 바뀌지 않은 건 물론이었다. 이대로 포기할 수는 없었다.

계속해서 붕어빵을 만들었다. 만든 붕어빵을 합치고 또 합치고, 바깥에 있는 건물들까지 붕어빵으로 만들어버리고, 킹덤의 모든 걸 붕어빵으로 만들어버렸다. 그리고 세라는 이 세계의 모든 붕어빵을 하나로 합쳤다. 온몸이 뜨거웠다. 타버릴 것만 같았다. 계속해서 힘을 쏟아냈다. 머리가 아파오고 현기증이 나고 세상이 빙빙 돌았지만 세라는 멈출 수 없었다. 온 힘을 다해, 보사의 친구가, 야보가 그랬던 것처럼 세라의 남은 모든 생을 걸고서라도 붕어빵을 만들었다. 오로지 야보가 살아나길 바란다는 염원을 담아. 숨이 턱 끝까지 찼다. 모든 능력이 몸 바깥으로 빠져나가는 게 느껴졌다.

어느새 킹덤을 가득 채울 만큼 거대한 붕어빵이 만들어졌다.

열기만으로 은신처가 후끈해지는 게 느껴졌다. 지켜보던 이속이 이불을 벗어 던지고 손부채질을 시작했다. 야보는…….

야보의 몸에 물방울이 맺혔다. 야보가 녹기 시작했다. 세라는 거대한 붕어빵을 떼어내 야보에게 먹였다. 먹이고, 먹이고, 또 먹였다. 붕어빵은 빠른 속도로 사라져갔다. 그건 그저 음식이 아니라 세라의 염원이었으니, 붕어빵은 끝없이 야보에게 흡수되었다. 킹덤을 가득 채웠던 붕어빵은 어느덧 절반만이 남았고, 세라는 절반의 반을 염에게 먹였다. 그리고 이속에게 나머지 절반의 반을 또 반으로 나누어 산 중턱과 초입 부근에 쓰러져 있을 온가와 드오에게 먹여달라고 부탁했다. 이속은 묵묵하게 고개를 끄덕이며 밖으로 나갔다.

이속이 떠난 뒤에도 세라는 야보에게 붕어빵을 먹였다. 천천히 야보의 몸이 따뜻해지는 것이 느껴졌다. 세라는 야보의 몸에 제 몸을 겹쳐 야보의 심장 소리를 들었다. 뛰지 않을 것만 같던 심장박동이 옅게 들려왔다. 세라는 그대로 야보를 끌어안았다. 한쪽 팔로 붕어빵을 가득 끌어와 주변을 에워쌌다. 오래전 세 사람이 살던 집처럼, 이곳에 따뜻한 팥내가 자자해졌다. 세라에게서도 야보에게서도 똑같이 붕어빵 냄새가 났다. 하나의 붕어빵처럼, 추운 겨울 속 세라의 몸에서는 열기가 피어오르고 있었다. 세라는 제 온기를 야보에게 고스란히 건넸다. 시간이 얼마나 지났을까, 세라와 야보의 체온 차이가 느껴지지 않았다. 서로 똑같은 체온을 공유했다.

이미 붕어빵 온기에 겨울이 녹고 있었다. 세라는 그제야 알 것 같았다. 붕어빵을 만든다는 건 세상에 온기를 불어넣는 일이라는 걸. 사실 구원은 어려운 일이 아니었다는 걸. 강한 힘이 필요한 게 아니었다는 걸. 그저 붕어빵이면 됐다. 겨울에 작은 온기를 가져다주고 싶어 포장마차 앞에서 발을 동동 구르던 그 마음이면 됐다.

눈이 그치고, 매섭던 바람이 선선하게 불어와 따뜻하게 이 세상을 휘감았다.

그러니까, 붕어빵이 세상의 구원자였다.

작가의 말

붕어빵.

작년에는 한참 동네에서 붕어빵 깨기를 하고 다녔어요. 어디가 진정한 붕어빵 맛집인가, 이 동네에서 어디가 가장 붕어빵에 진심인가, 하면서요. 일단 저는 진심이었어요. 그 결과 두 곳의 붕어빵 스폿을 찾아냈고 올해도 두 집의 안전한 귀환을 기다리고 있답니다.

추운 걸 싫어하면서 왜 그렇게 열심히 붕어빵을 사 먹었을까요. 오래 기다려야 하는 때도 많았는데 그 한파 속에서 왜 그렇게까지 기다렸을까요. 집에 가지고 돌아가면 금방 식어서 눅눅해질 텐데 말예요.

돌이켜보면 맛 때문만은 아니었던 것 같아요. 혼자 붕어빵을 먹던 때보다 식을지도 모를 붕어빵을 패딩 안에 꼭꼭 끌어안고 식지 말라고 염불을 외며 누군가에게 가져다줬던 그 순간, 그 순간이 저를 너무 따뜻하게 만들었거든요.

붕어빵 사 왔다! 이 한마디에, 두 마리 천 원 혹은 세 마리 천 원 하는 이 붕어빵이 뭐라고 다들 얼마나 좋아했는지. 기다렸다는 듯 홍조 띤 얼굴로 붕어빵을 나눠 먹던 순간이 얼마나 좋았는지요. 그러면 겨울이 참 따뜻해지더라고요. 그런 소소한 행복이 좋아서, 그게 다음 겨울과 붕어빵을 기다리게 하고 그러면서 오늘과 내일을 살게 만들었습니다.

여기까지 쓰면서 문득 타코야키였어도 귀여웠겠다는 생각을 했습니다. 동글동글하니……. (: 서운) 지난 겨울에는 책방을 운영하는 친구가 타코야키 기계를 샀어요. 제가 다 신나더라고요. 저도 갖고 싶었거든요. 그걸 데굴데굴 굴릴 생각을 하니, 아드레날린과 도파민이 같이 판 위에서 노릇노릇 구워지는 기분이었어요.

반죽의 비율은 어떻게 맞출지, 말린 오징어는 언제 넣는 게 좋을지, 옥수수와 치즈를 넣을지 말지, 언제 뒤집어야 하는지, 어디가 잘 익는지……. 그런 것들을 마구 연구해가면서 몇 번이나 굴렸는지 모르겠어요. 유난히 버겁던 겨울이었는데, 타코야키가, 타코야키를 만들자던 친구들과 책방 조명 아래에서 늦게까지 타코야키를 말던 순간이 저를 버티게 만들어줬던 거예요. 그 작은 것들이 모이고 모여 하루를, 제 세상을 보다 안온하게 만든다는 사실이 큰 위로였어요. 그것만큼 큰 힘이 또 있을까요.

그러니 꼭 붕어빵이 아니어도 괜찮아요. 소소하게, 그저 당신에게 작은 온기를 불어넣어줄 수 있는 무언가가 있다면. 그게 그 겨울을 나게 하는 힘이 된다면. 이 소설을 읽은 여러분께도 그런 온기가 전해졌기를 바라며.

아, 여름이라 조금 더우실지도…….

책이 나오기까지 고생해주신 모든 선생님께, 응원을 아끼지 않던 글쓰기 메이트에게, 또 이 아이들의 이야기를 봐주신 독자님들께 감사의 인사를 전해드리며, 특히 어느 겨울 소설이 써지지 않아 머리를 쥐어뜯고 있던 제게 붕어빵을 건네주시던 교수님께 감사드립니다. 그날 점심을 드시고 들어오시며 붕어빵을 사다 주셨거든요. 선민 씨, 와서 붕어빵 먹고 해. 그날 붕어빵을 먹으면서 이런 생각을 했죠. 붕어빵 만드는 얘기를 써볼까……. 한 여름에……. 그리고 붕어빵과 눈이 마주쳤어요.

여름 붕어빵은 그 순간 태어났어요.

육선민

네온사인 09

여름 붕어빵

초판 1쇄 인쇄일 2024년 8월 5일
초판 1쇄 발행일 2024년 8월 14일

지은이 • 육선민

펴낸이 • 정은영
편집 • 박서령 박진혜 정사라
디자인 • 홍선우
마케팅 • 최금순 이언영 연병선
윤선애 송의정
제작 • 홍동근
펴낸곳 • 네오북스
출판등록 • 2013년 4월 19일
제2013-000123호
주소 • 서울시 마포구 양화로6길 49
전화 • 편집부 (02)324-2347
경영지원부 (02)325-6047
팩스 • 편집부 (02)324-2348
경영지원부 (02)2648-1311
이메일 • neofiction@jamobook.com

ISBN 979-11-5740-441-4 (03810)